dtv

Es war einmal ein Schaf, das hängte sich einen Wolfspelz um und ging zu den Wölfen. Natürlich mußte es mit ihnen heulen, aber nach der ersten Überwindung gelang ihm das ganz gut. Bald hätte es sich selbst fast für einen Wolf gehalten. Doch schließlich kamen ihm die anderen Wölfe auf die Schliche, und es nahm ein trauriges Ende. Das ist auch gut so. Unter den Menschen jedenfalls gibt es Wölfe genug. Es ist nicht nötig, daß auch die Schafe noch Raubtier spielen. Rafik Schamis märchen- und fabelhafte Geschichten sind bunt und poetisch erzählt. Das macht die Lektüre leicht – und auch die Erkenntnis, daß es sich um Gleichnisse für oft sehr bittere gesellschaftliche Zustände handelt. Überraschend ist die Originalität dieser Gleichnisse. Oder ist schon einmal jemand auf die Idee gekommen, daß die Zwiebeln uns deshalb zum Weinen bringen, weil sie an den alten Bauern erinnern wollen, der als einziger Widerstand gegen ein ausbeuterisches System leistete? Rafik Schami ist mehr als ein Märchenerzähler.

Rafik Schami, 1946 in Damaskus geboren, lebt seit 1971 in der Bundesrepublik. Studium der Chemie mit Promotionsabschluß. Heute zählt er zu den erfolgreichsten Schriftstellern deutscher Sprache. Sein Werk wurde in 22 Sprachen übersetzt. Lebt in der Pfalz.

Rafik Schami

Das Schaf im Wolfspelz

Märchen & Fabeln

Deutscher Taschenbuch Verlag

Februar 1989
4., vom Autor überarbeitete Auflage September 1994
7. Auflage Februar 2005
Deutscher Taschenbuch Verlag GmbH & Co. KG,
München
www.dtv.de
Lizenzausgabe mit Genehmigung des Carl Hanser Verlags

Umschlagkonzept: Balk & Brumshagen
Umschlagbild: Root Leeb
Satz: IBV Satz- und Datentechnik, Berlin
Druck und Bindung: Druckerei C. H. Beck, Nördlingen
Gedruckt auf säurefreiem, chlorfrei gebleichtem Papier
Printed in Germany · ISBN 3-423-11026-0

Inhalt

Die Zwiebel

Es war einmal, so erzählen die Großväter, ein Land, das besaß alles, was ein Mensch zum Leben braucht. Das Meer gab den Fischern genug Fische; Orangen-, Apfel- und Aprikosenbäume gediehen prächtig auf dem fruchtbaren Boden, der sich von den Berghängen bis ans Meer erstreckte. Die Gemüsegärten wurden von zwei kleinen Flüssen, die sich durch die Täler schlängelten, reichlich bewässert. Dennoch lebten die meisten Menschen in diesem Land in bitterer Armut.

Der König dieses Landes dagegen lebte in Saus und Braus, und er verbrachte seine Zeit am liebsten mit Empfängen und auf der Jagd. Er ernannte vier Schlitzohren zu seinen Wesiren: Einen für die Fischer, den nannte er Fischereiminister; einen anderen für Mord und Raub, den nannte er Minister für Ordnung; und einen dritten für den Krieg, der wurde komischerweise Friedensminister genannt. Am meisten hatte aber der Minister zu tun, der für des Königs Ausgaben das Geld beschaffen mußte, das war der Schatzminister. Er mußte sich immer etwas Neues einfallen lassen, um all die ausgefallenen Wünsche des Königs finanzieren zu können. Der König langweilte sich nämlich trotz der vielen Gäste und Jagden immer mehr. So ließ er sich schließlich ein großes Schloß mit 365 Zimmern bauen. Das Schloß kostete ein Vermögen, und der König verriet bis zum Tag der Fertigstellung nicht, aus welchem Grund er es bauen ließ.

»Großartig«, rief der König aus, als er das Prunkschloß besichtigte, »ich werde mir 365 Frauen nehmen, und jede vertreibt mir für eine Nacht die Langeweile!«

Alle Minister klatschten begeistert über diese Idee.

Der König schaute seinen Friedensminister wohlwollend an. »Das ist eine Aufgabe für dich. In drei Tagen müssen 365 der schönsten Frauen der Welt mir im Schloß verfügbar sein.«

Der Friedensminister hob sein Glas: »Auf Euer Wohl, Majestät, in drei Tagen!«

Nach dieser Frist waren tatsächlich so viele Frauen im Schloß, wie es der König befohlen hatte, und weil der König all ihre fremdartigen Namen nicht behalten konnte, beschloß er, jeder den Namen des Tages zu geben, an dem sie ihn vergnügen mußte. Viele Frauen weinten bitterlich im streng bewachten Schloß, das sie nie verlassen durften. Doch das beeindruckte den König überhaupt nicht. Im Gegenteil, er war von seiner Tat so begeistert, daß er für alle seine Minister kleine Schlösser bauen ließ, in denen Frauen eingesperrt wurden. Es waren Schlösser mit sieben Zimmern, für jeden Wochentag eines.

Nun, das alles hatte eine Menge Geld gekostet, und die Untertanen des Königs mußten dafür kräftig bluten. Das waren vor allem die Bauern in diesem Land.

Jedes Jahr nach der Ernte kamen die Soldaten in die Dörfer. Sie brachten große Karren mit, die von sechs starken Pferden gezogen werden mußten. Auf dem Dorfplatz angekommen, bliesen die Soldaten ihre Trompeten und trommelten so laut, daß es im ganzen Dorf und ringsum auf den Feldern zu hören war. Die Bewohner des Dorfes ließen alles stehen und liegen und eilten zum Dorfplatz. Wenn alle versammelt waren, verstummten die Trompeten und Trommeln. Der Anführer der Soldaten schritt in die Mitte des Dorfplatzes, zog eine Schriftrolle aus dem Stiefelschaft, rollte sie auf und las:

»Erlaß des Schatzministers! Jeder Bauer muß seine Pflicht tun, damit Seine Majestät zufrieden bleibt! Jeder Bauer muß die Hälfte seines Getreides, seiner Früchte, seines Gemüses, die Hälfte der neugeborenen Lämmer, Ziegen und Kälber an den König abliefern.«

Einige Bauern hatten ihre Abgaben bereits zum Dorfplatz mitgebracht, die meisten eilten jedoch schnell nach Hause, um die Forderungen zu erfüllen. Während die buntgekleideten Offiziere unter einem großen Sonnenschirm am Rande des Dorfplatzes saßen und sorgfältig einen Namen nach dem anderen in ihre mitgebrachten Listen eintrugen, beluden die Soldaten die Karren.

Viele Bauern schleppten nur knurrend und widerwillig ihre Abgaben zum Dorfplatz, warfen sie dort vor den Karren und kehrten nach Hause zurück. Dort konnten sie endlich ihrer schlechten Laune Luft machen und beschimpften wegen jeder Kleinigkeit ihre Frauen.

»He, Alte, die Suppe kannst Du selbst essen, da ist doch viel zu viel Salz drin!«

Oder: »Sag mal, was ist denn los, kein Salz in der Suppe, das schmeckt doch nicht!«

Die Stimmung im Dorf blieb einige Tage gereizt. Auch die Kinder wußten, daß sie in dieser Zeit ihren Eltern am besten aus dem Weg gingen.

Wenige Tage später aber nahm das Leben wieder seinen gewohnten Gang. Die Bauern arbeiteten fleißig, das Essen ihrer Frauen schmeckte ihnen wieder köstlich, und die Kinder spielten vergnügt. Doch die Zeit bis zur nächsten Ernte verging schnell.

Nur wenige Bauern wagten es, ab und zu einen Teil ihrer Ernte vor den Soldaten zu verstecken. Sie freuten sich klammheimlich, den König um einen Sack Weizen oder eine junge Ziege betrogen zu haben. Nur selten traute sich ein Bauer zu fragen, warum er das alles hergeben sollte, was er mit seinem Schweiß erarbeitet hatte.

Die Offiziere antworteten, ohne ihren Kopf von den Listen zu heben: »Damit Seine Majestät bei Laune bleibt.« Sie machten ein Kreuz neben dem Namen des Fragenden.

Wer aber dann noch weiterfragte: »Und warum wird die Laune Seiner Majestät nur zur Erntezeit schlechter?«, der bekam keine Antwort, sondern nur ein zweites Kreuz neben seinen Namen.

Das Einsammeln der Abgaben dauerte Tage. Bei Sonnenuntergang standen die Offiziere auf, riefen die Soldaten zu sich, nahmen die Listen und schauten auf die am

Rande des Dorfplatzes versammelten Bauern. Ein Offizier rief laut:

»Wer aufgerufen wird, raustreten!«

Die Namen, vor denen ein Kreuz stand, wurden vorgelesen. Die genannten Bauern zuckten zusammen, und es war ihnen, als fiele ihnen das Herz in die Hose, denn sie mußten ein paar Soldaten als Gäste aufnehmen und so lange bewirten, bis die Abgaben eingesammelt waren. Die Soldaten waren gefräßig wie die Heuschrecken, tranken Wein, rauchten den teuren Tabak und bedankten sich mit Fußtritten. Die erpreßten Gastgeber konnten erst wieder aufatmen, wenn die Soldaten abzogen.

Bei jedem Bauern mit zwei Kreuzen vor dem Namen ging der Besuch ganz anders zu Ende. Die Soldaten hatten den Befehl, einen Grund zu erfinden, um das Haus auf den Kopf zu stellen.

Sie rochen am letzten Tag Birnen oder Orangen dort, wo es weder Orangen noch Birnen gab, und sie hörten das Meckern einer Ziege unter dem Sofa, auch wenn der Bauer keine einzige Ziege besaß. Nachdem die Soldaten mit ihren Karren das Dorf verlassen hatten, sah manches Haus wie ein Schlachtfeld aus.

In einem kleinen Dorf dieses Landes lebte Amin, ein alter, armer Bauer. Er lebte allein in einer Hütte am Rande des Dorfes. Er war klein und gebrechlich, nur sein Kopf schien etwas zu groß geraten auf seinen schmalen Schultern. Seine Augen funkelten aus dem breiten, knochigen, mit Falten übersäten Gesicht. Amin saß oft bei Sonnenuntergang allein auf seiner Türschwelle und redete mit seinen Blumen und Zwiebeln, die im winzigen Feld vor seiner Hütte wuchsen. Er war oft einsam, denn er hatte weder Tee noch Kaffee; nicht einmal Milch hätte er seinen Gästen anbieten können. Statt dessen erzählte er von Ländern und Menschen, die ohne König glücklich lebten und keine Abgaben entrichten mußten.

Die Leute im Dorf hielten ihn für einen Träumer. Sie

achteten Menschen nicht, die weder Kühe noch Pferde, weder Öl noch Wein besaßen.

»Erzählen kann jeder«, sagten sie, wenn der Name Amin fiel.

Amin bedauerte und bemitleidete die Bauern nicht, wenn sie murrten, nachdem die Soldaten das Dorf verlassen hatten. Er stand jedoch jedem bei, der zwei Kreuze erhalten hatte. Amin half ihm, sein Haus aufzuräumen. Und als es Yasser traf, eilte er zu ihm.

»Es ist mir egal, ob der König schlecht oder gut gelaunt ist. Ich werde ihm kein einziges Weizenkorn geben«, sagte Amin damals zu ihm.

»Das fällt dir leicht, denn du hast ja nicht viel«, antwortete Yasser verzagt, während er mit einem großen Besen die Scherben zusammenfegte.

»Ob viel oder wenig, wozu müssen wir diese Laus in unserem Pelz dulden?« Amin stopfte die umherliegende Wolle in die aufgerissene Matratze.

»Aber Gott hat befohlen, sei deinem König untertan, und unser König ist ein gütiger Mensch. Er trägt für uns die große Last der Verantwortung«, mischte sich der Dorfgelehrte ein, der zu Yasser geeilt war, um sein Mitleid zum Ausdruck zu bringen.

»Wenn er als König nicht zufrieden ist, soll er Bauer werden, mir würde Königsein auch keinen Spaß machen«, erwiderte Amin und begann, den Riß in der Matratze mit einer großen Nadel zuzunähen.

»Das ist ja Gotteslästerung, denn Könige erhalten von Gott die Herrschaft über die Menschen. Es gibt Millionen von Bauern, aber nur wenige Könige, und das ist der Wille des Himmels«, ereiferte sich der Lehrer.

Amin ließ die Matratze fallen, stand auf, reckte seinen Kopf gen Himmel und schrie: »Ist das dein Wille?« Er legte seine rechte Hand wie einen Trichter ans Ohr, um besser lauschen zu können. Die Bauern lachten vergnügt über seine Gebärde.

»Nein, nein, der Himmel antwortet nicht«, grinste

Amin den Gelehrten an, der wütend das Haus verließ, als auch Yasser lachte.

»Wenn ihr euren Boden liebtet, dann hättet ihr allen Weizen behalten. Worauf seid ihr also stolz? Daß ihr Jahr für Jahr den König um einen Sack prellt!« sprach Amin und nähte weiter an seiner Matratze.

Die bei Yasser Versammelten lachten diesmal nicht über Amin; nachdenklich nickten einige.

Amin liebte in der Tat seine Blumen, vor allem aber seine Zwiebeln. Stundenlang pflegte er sie. Und wenn er die Zwiebeln fast zärtlich anschaute, wurden sie beinahe rot unter der Erde. Die Blumen schmunzelten darüber. Manchmal stach ihn eine Rose in seine verhornten, knochigen Finger, aber Amin war ihr nicht böse, sondern flüsterte der Rose zu: »Na! Habe ich dir seit langem kein Wasser mehr gegeben?« Dann wiegte sich die Rose im Winde.

Als die Soldaten im nächsten Sommer wiederkamen, sagten drei Bauern: »Es ist uns egal, ob der König zufrieden ist oder nicht. Er soll, dieser Nichtswürdige, wenn ihm das Königsein keinen Spaß mehr macht, doch Bauer oder Ochse werden.«

Die Offiziere wußten nicht, wie viele Kreuze sie neben die Namen dieser Leute setzen sollten, denn so eine Antwort hatten sie noch nie gehört. Sie brachen das Einsammeln der Abgaben ab und eilten zum Gelehrten, der das Ganze vom Balkon seines Hauses verfolgte.

Die Offiziere fragten ihn um Rat, und der Lehrer sprach lange vom faulen Apfel, der die ganze Kiste verdirbt, und von der abtrünnigen Ziege, die den Milcheimer umstößt, den der Hirte mit Mühe vollgemolken hat. Dann kreuzte er seine Arme über seinem dicken Bauch und nuschelte: »Gott, der König aller Könige, ist gütig, aber seine Strafe ist streng.«

Die Offiziere verstanden den Wink. Sie gingen hinaus und suchten den faulen Apfel.

Es dauerte auch nicht lange, bis der Name des Unruhestifters verraten wurde. »Amin, der Träumer.«

Amin saß auf der Schwelle seines Hauses und beobachtete das Treiben auf dem Dorfplatz. Soldaten rannten die Treppe eines Hauses hinauf zu den Offizieren, die auf der schattigen Terrasse ihren Kaffee aus zierlichen Tassen tranken. Amin dachte sich nichts dabei, daß die Offiziere erregt debattierten und einer von ihnen auf seine Hütte zeigte. Erst als zwanzig mit Säbeln und Lanzen bewaffnete Soldaten auf seine Hütte zumarschierten, bekam er Angst. Bevor er aber aufstehen konnte, um das Weite zu suchen, war seine Hütte schon umzingelt. Die Soldaten packten ihn, schlugen auf ihn ein und schleppten ihn zum Dorfplatz.

»Was machen sie mit Amin?« fragten die Zwiebeln besorgt. Die Rosen streckten ihre Köpfe mühsam über den Zaun. »Sie schlagen ihn..., treten ihn mit den Füßen!«

»Und die anderen? Was machen die anderen?« wollten die Zwiebeln wissen.

»Sie starren erschrocken und verängstigt zu Amin hinüber. Jetzt binden die Soldaten seine Hände mit einem Seil... Zwei von ihnen steigen auf ihre Pferde... Sie schleifen ihn aus dem Dorf hinaus... Jetzt sitzen die Offiziere wieder an dem Tisch, und die Bauern schleppen ihre Maissäcke und treiben ihre Zicklein heran«, berichteten wütend die Rosen.

Die Soldaten plünderten das Wenige, das Amin besaß, sie rissen die Tür und die Fenster aus ihren Angeln und luden sie auf ihre Karren. Nach einiger Zeit, als die Bauern sicher waren, daß Amin nie wieder zurückkehren würde, trugen sie die letzten Habseligkeiten weg, die die Soldaten übriggelassen hatten. Ein paar alte Töpfe und ein alter Hammer waren ihre Beute.

Die Rosen schauten stumm auf die Habgierigen, die eilig das Weite suchten. Sie seufzten und wurden vor Kummer blaß und welk.

»Wenn diese Barbaren nicht um Amin weinen, dann werden wir sie zum Weinen bringen«, schwor eine der Zwiebeln.

»Auch wenn alle diese Bauern und ihre Könige längst unter der Erde liegen, werden die Menschen Amin beweinen«, entgegnete eine andere.

Seit diesem Tag muß jeder Mensch weinen, der eine Zwiebel schneidet. Er weiß natürlich nicht, daß er um Amin weint, weil die Zwiebeln ihr Geheimnis nicht preisgeben.

Fatima mit der schönen Stimme

Kan ya ma kan, es war oder es war nicht ein kleines Dorf. Seine Bewohner waren sehr arm, denn das Land war trokken und steinig, und die kleine Quelle am Ende des Dorfes spendete nur wenig Wasser. Von Jahr zu Jahr hofften sie auf Regen. Aber nur selten zogen Wolken über das Dorf hinweg, und noch seltener spendete eine Wolke Wasser. So verging Jahr um Jahr, ohne daß sich etwas änderte, und die Erinnerung der Dorfbewohner an Regen verblaßte.

In diesem Dorf, das man auf keiner Landkarte findet und von dem kaum jemand redet, lebte die kleine Fatima mit ihrem Vater. Sie wußte nicht, wie alt sie war. Ihr Vater sagte ihr immer wieder, daß sie im Frühjahr nach dem guten, regnerischen Winter geboren sei. Ihre Mutter kannte Fatima nicht, denn die war sehr jung gestorben.

Fatima hatte große, schwarze Augen und schwarzes, lockiges Haar, ihr Gesicht war sehr schmal, und ihre Hände waren trotz ihrer Jugend durch harte Arbeit verhornt. Fatima lief wie viele Kinder des Dorfes barfuß. Sie trug immer das gleiche Kleid, ein dunkelblaues mit aufgedruckten weißen Blüten. Mit den Jahren bekam das Kleid immer mehr bunte Flicken, die die Löcher verdeckten, und es verblaßte an den Schultern durch die Sonne so, daß man die kleinen, weißen Blüten kaum noch erkennen konnte.

Fatima mußte ihrem Vater bei der Arbeit helfen. Sie molk die schwarze Ziege und fütterte die drei Hühner. Wenn der Vater frühmorgens aufs Feld ging, öffnete Fatima das kleine Fenster der Hütte, in der sie mit ihrem Vater lebte. Dann ging sie hinaus, sperrte die Tür des Hühnerstalls auf und suchte, nachdem die Hühner gackernd hinausgerannt waren, nach Eiern. Manchmal fand sie sogar zwei Eier. An diesen Tagen erzählte sie ihrem vom Feld zurückgekehrten Vater stolz von ihm Fund, und dieser freute sich sehr; denn für zehn Eier konnten sie ein Pfund

Zucker und etwas Tee beim Händler Mustafa, neben der alten Dorfmoschee, eintauschen. Das war für den Vater wichtiger als neue Kleider. Er sagte immer, von neuen Kleidern habe der Mensch nichts, aber Tee und Zucker seien wichtig für die Gäste, und von Gästen hielt der Vater viel. Er liebte es, Abend für Abend Besucher zu haben, die bei ihm Tee tranken und seinen spannenden Geschichten lauschten.

Der Vater konnte sehr gut und nächtelang erzählen. Das Geheimnis seines unerschöpflichen Vorrats an Geschichten war: Er konnte den Menschen gut zuhören und was er hörte, in eine schöne Geschichte verwandeln. Die Leute wunderten sich, daß er immer wieder neue Geschichten wußte, weil sie vergessen hatten, daß sie selbst sie ihm erzählt hatten. Vielleicht aber erkannten sie sich in den Geschichten auch nicht wieder, da er sie manchmal stark würzte.

Auch Fatima war bei den Dorfbewohnern beliebt, denn sie hatte eine wunderschöne Stimme. Sie sang den ganzen Tag, egal ob sie nun aufräumte oder auf dem flachen Stein vor der Haustür saß, um sich von der Hausarbeit auszuruhen. Manchmal wurde sie aufgefordert, zu singen oder das gerade gesungene Lied zu wiederholen. Doch dann sang sie nicht mehr. Sie errötete und entschuldigte sich stotternd. So belauschten die Nachbarn Fatima heimlich, und mancher Bauer blieb stehen, wenn er ihre Stimme hörte. Bemerkte sie das, hörte sie auf zu singen und flüchtete ins Haus. Die Nachbarn machten sich dann lustig über ihre Schüchternheit.

Eines Abends saßen wieder viele Gäste bei ihrem Vater. Als er dem Händler Mustafa Tee einschenkte, sagte dieser: »Fatima, sing mir bitte das Lied vom Schäfer und seiner Frau.«

Fatima blickte hilfesuchend auf ihren Vater, dann schaute sie zu Boden. »Ich kann nicht«, flüsterte sie.

»Oh, doch! Ich habe dir gestern zugehört, als du das Wasser von der Quelle geholt hast!« rief Mustafa und schlürfte seinen Tee.

»Ich meine«, sagte der Vater, »sage nie einem Sänger, daß er singen soll, und schon gar nicht, was er singen soll. Sonst singt er unehrlich.«

Fatima atmete erleichtert auf.

»Ich will euch eine Geschichte erzählen«, fuhr der Vater fort. »Es ist die Geschichte einer Sängerin, die gesungen hat, was die anderen wollten.«

»Aber…«, wollte Mustafa widersprechen. »Nun hör doch zu, bevor du ›aber‹ sagst«, rief seine Frau ärgerlich und stieß ihn in die Seite.

Kan ya ma kan, es war oder es war nicht ein Dorf, klein und arm wie unseres. In diesem Dorf mußten die Leute hart arbeiten. Sie hatten nie genug zu essen und waren so ärmlich gekleidet wie wir. Dort lebte ein junges Mädchen. Sie hieß Fatima, wie meine Tochter, und sie hatte auch eine wunderschöne Stimme. Ihre Stimme war so schön, daß die Menschen ihren Kummer vergaßen, wenn sie ihr zuhörten. Das Mädchen sang aber nur, wenn sie alleine war. Sobald jemand sich ihr näherte, hörte sie auf zu singen. Ihre Lieder waren voller Weisheiten, so mancher hörte in ihnen Antworten auf Fragen, die ihn schon lange beschäftigt hatten. Andere hörten Fragen aus ihnen heraus, die sie zum Denken anregten.

In jener Zeit geizte der Himmel mit Regen. Viele Ziegen und Schafe verdursteten, und die Pflanzen verdorrten unter der glühenden Sonne. Es half den Leuten nicht, daß sie Brot wie Leid miteinander teilten. Das Brot ging zur Neige, und das Leid wurde immer größer. Als auch noch die Quelle des Dorfes versiegte, wurde die Not so groß, daß die Bauern einen Ausweg aus ihrer Lage finden mußten.

Der Dorfälteste schlug vor: »Wir ziehen in die Hauptstadt. Dort muß es genug zu essen geben, dort können wir die Zeit bis zum nächsten Regen überleben.«

Am frühen Morgen des nächsten Tages packten sie ihre geringe Habe auf die Rücken ihrer Esel und machten sich auf den Weg. Ihre Reise dauerte lange. Durch Steppen und Wüsten quälten sie sich. Wölfe überfielen ihre Schafe, und Räuber nahmen ihnen ihre letzten Habseligkeiten. Doch die Stadt in der Ferne mit ihren Lichtern zog sie an wie das Feuer die Nachtfalter. Zerlumpt und ausgezehrt erreichten sie die Stadt. Doch die war von hohen Mauern umgeben, und die Wachen am Tor versperrten ihnen den Zutritt.

»Es sind schon zu viele in die Stadt gekommen, denn im ganzen Land herrscht große Not. Ihr lungert nur in den Straßen herum und klaut, was euch unter die Finger kommt!« herrschten sie die Bauern an.

Die Bauern redeten auf die Wächter ein, sie seien ehrliche Leute und würden nicht stehlen, aber die Wächter blickten kalt und schüttelten den Kopf. Am Abend schlugen die Neuankömmlinge ihr Lager neben anderen Bauern außerhalb der Mauer auf.

Vom nächsten Tag an wühlten ihre Kinder, unter ihnen auch unsere Fatima, nach eßbarem Abfall, den die Stadtbewohner über die Mauer geworfen hatten, und trugen das Wenige, das sie fanden, zu ihren Eltern. Oft mußten sie sogar den Hunden Brot und Knochen streitig machen.

Der König, der über diese Stadt herrschte, lebte in einem prächtigen Palast. Er war rund wie ein Faß, sein Kopf saß groß und schwer auf seinen Schultern, so daß man denken konnte, er habe keinen Hals. Seinen Mund öffnete der König nur zum Brüllen. Seine kleinen Augen blickten listig, und seine Nase ragte hervor wie eine Gurke. Er hatte drei Söhne: Balal, Halal und Salal. Balal und Halal sahen ihrem Vater ähnlich. Sie waren genau so häßlich und noch viel unbarmherziger als er.

Salal jedoch wirkte verträumt. Er hatte ein Herz für die Armen und setzte sich bei seinem Vater für sie ein. Der König verachtete seinen jüngsten Sohn, der die Zeit mit Gesang und Tanz verbrachte, während seine älteren Brüder das Fechten erlernten.

Eines Tages ritten der König, seine Söhne und ihre Gäste auf die Jagd. Sie ritten hinaus aus dem Tor an dem Platz vorbei, auf dem die Bauern ihre Zelte aufgeschlagen hatten. Der König, seine zwei älteren Söhne und die Gäste schauten angewidert weg und gaben ihren Pferden die Sporen. Salal dagegen hörte Fatimas Stimme und verweilte. Er folgte durch die Zeltreihen dem Klang der Stimme. Viele arme Bauern knieten nieder, und der Prinz blickte freundlich von seinem Roß auf sie herab.

Fatima wusch sich gerade vor dem Zelt ihrer Eltern. Sie plätscherte fröhlich singend mit dem Wasser. Plötzlich sah sie die weißen Hufe des königlichen Rosses vor sich. Sie hob ihren Kopf und blickte erschrocken in die Augen des Prinzen, der von ihrer fremdartigen Schönheit angetan war. Erschrocken verstummte Fatima und wollte ins Zelt flüchten.

»Guten Tag, meine schöne Blume«, rief der Prinz.

»Guten Tag, Eure Hoheit«, antwortete Fatimas Vater gesenkten Blickes und umfaßte seine Tochter.

»Du hast eine wunderschöne Stimme, die schönste im Land. Wie heißt du, meine Blume?« fragte der Prinz.

»Fatima, Eure Hoheit«, beantwortete der Vater die Frage, ohne seinen Blick zu heben.

»Heute abend schicke ich eine Kutsche, die sie abholt«, rief der Prinz und stob davon.

Als Fatima am späten Abend mit Tränen in den Augen die Kutsche bestieg, flehten die Eltern: »Vergiß uns nicht!« Ihre Mutter hatte besondere Mühe aufgewandt, Fatimas struppiges Haar zu bürsten. Sie war zufrieden mit ihrem Werk. Nur das alte Kleid wirkte wie ein schäbiges Gefäß, in dem eine zauberhafte Blume wuchs.

Die Kutsche fuhr in die Stadt, und Fatima wunderte sich, daß die Wächter bei ihrem Anblick ehrfürchtig salutierten. Weit entfernt vom Palast des Königs hielt die Kutsche vor einem prächtigen Schloß. Viele vornehm gekleidete Männer und Frauen klatschten Beifall, als Fatima verlegen ausstieg.

»Du mußt singen, was die Leute wünschen«, klang ihr noch die flehende Stimme ihres Vaters im Ohr.

Der Prinz empfing sie mit offenen Armen. Zwei Zofen führten Fatima ins Bad, wuschen sie mit warmen Wasser und fein duftender Seife, ölten ihr das Haar und kleideten sie in Samt und Seide. Als Fatima in den Spiegel schaute, erkannte sie sich kaum wieder. Und als sie später den Festsaal betrat, ging ein Raunen durch die Menge, das ihr bestätigte, daß sie in der Tat bildhübsch in ihren neuen Kleidern aussah.

Köstliche Speisen und Getränke waren bereitet. Fatima aß wie ein hungriger Wolf. Sie stopfte sich große Fleischstücke in den Mund, und der Prinz lächelte vergnügt. Fatima dachte an ihre Eltern, die im Zelt vor der Stadt hungerten. »Ich möchte…«, wandte sie sich zaghaft an den Prinzen, »etwas Fleisch für meine…«

Der Prinz aber unterbrach sie lächelnd: »Meine Liebe, fünf große Karren bringen in diesem Augenblick Essen und Trinken ins Lager.«

Fatima verspürte eine tiefe Dankbarkeit, und tatsächlich schleppten in diesem Augenblick Ochsen fünf Karren mit Speisen ins Lager der armen Leute. Fatimas Name ging dort von Mund zu Mund, als wäre sie eine Heilige, und viele Menschen erhoben ihre Hände zum Himmel und beteten dankbar: »Gott schütze unsere Fatima!«

Nachdem auch der Prinz gespeist und getrunken hatte, rief er: »Seid still! Meine Blume wird jetzt singen.«

Fatima hätte am liebsten geschlafen. Sie war sehr müde, stand jedoch auf und sang.

Die Leute hörten ihre bezaubernde Stimme und verlangten nach immer neuen Liedern, bis der Prinz die Hand hob, alle Beifall klatschten und den Saal verließen.

Tag für Tag sang Fatima vor dem Prinzen und seinen Gästen. Der Prinz verlangte immer wieder nach dem Lied vom ungerechten König. Und Fatima sang es, obwohl sie das Lied nicht besonders schön fand.

Eines Tages saß Fatima allein in ihrem prächtigen Zimmer. Sie sang ein Lied, das sie von ihrem Großvater gelernt hatte. Es erzählte von Bauern, die keine Könige über sich duldeten, und arm, aber glücklich lebten. Plötzlich ging die Tür auf, und der Prinz stand verärgert auf der Schwelle.

»Das darfst du nie wieder singen! Das werden die Leute draußen nicht verstehen. Singe lieber das Lied, das ich dir letzte Woche beigebracht habe.«

Erschrocken stand Fatima auf und nickte, obwohl sie dieses Lied vom gerechten Prinzen nicht verstand. Von diesem Tag an sang sie nur die Worte, die sie auswendig gelernt hatte.

Immer mehr Leute wollten Fatima singen hören. Der Prinz ließ auf einem großen Platz eine Bühne errichten, von der aus Fatima weithin zu hören war. Er selbst setzte sich in die erste Reihe und klatschte wohlwollend, wenn sie vom ungerechten, kaltblütigen König sang, von den brutalen Wächtern und vom gerechten Prinzen, der die Armen rettet. Auch die Leute spendeten ihr begeistert Beifall.

Als der König von Fatima und ihrem Gesang erfuhr, stellte er seinen jüngsten Sohn Salal vor die Wahl: »Entweder verläßt du diese gottlose Sängerin, oder ich enterbe dich.«

Der König war überrascht, als Salal aufstand und spöttisch lächelnd entgegnete: »Dein Palast ist morsch. Er wird dieser Stimme nicht mehr lang widerstehen können.«

Auch die Gebete der Hofpriester halfen dem König nicht, denn die Stimme Fatimas wurde nicht leiser, wie es die Priester versprachen, sondern immer lauter.

Wenn Fatima auf dem großen Platz sang, wagten die Wächter nicht, sie zu ergreifen, denn sowohl die Armen als auch viele Reiche der Stadt schützten sie wie ein Wall.

Eines Tages verbreitete sich die Nachricht, der König wolle durch Soldaten die Armen vor der Stadtmauer vertreiben. Sie würden die Umgebung seiner Stadt verunstalten und ihr Anblick würde die Gäste des Königs anekeln. Keiner wußte, daß der junge Prinz dieses Gerücht verbreitet hatte.

Die Nachricht griff wie ein Lauffeuer um sich. Viele

Arme in der Stadt wußten, daß als nächste auch sie vertrieben würden. Am stärksten aber berührte die Nachricht Fatima, denn sie hatte lange Zeit viel gesungen und so wenig an ihre Dorfbewohner gedacht. Sie ging zum Prinzen und sagte wütend, sie wolle sogleich auf dem großen Platz singen. Der Prinz stimmte lächelnd zu. Augenblicklich stieg Fatima in eine Kutsche und fuhr zum Platz, auf dem sich allmählich die Menschen versammelten. Fatima bestieg die Bühne und sang ergreifend wie noch nie in ihrem Leben. Ihre Stimme bewegte alle Zuhörer, mitsingend erhoben viele ihre Fäuste und schrien: »Nieder mit dem König!«

Das riß die Versammelten wie ein Erdbeben mit. Vor Wut rasend stürmten sie zum Palast und bewarfen ihn mit Steinen. Viele Wächter schlossen sich der aufgebrachten Menge an. Gegen Abend flohen der König und zwei seiner Söhne durch einen Geheimgang aus der Stadt. Als sich die Nachricht von der Flucht des Königs verbreitete, brach großer Jubel aus.

Kurz darauf betrat Salal die Terrasse des Palastes, einfach gekleidet und wie immer gütig lächelnd. Er flüsterte Fatima zu, sie solle das Lied vom gerechten Prinzen singen. Und Fatima sang mit heller und klarer Stimme.

»Es lebe König Salal!« jubelte das Volk.

Der junge Herrscher hob seine Hand, und es trat Stille ein.

»Ich werde Gerechtigkeit walten lassen, meine Stadt wird weder Armut noch Schmerzen kennen. Ihr sollt frei tanzen und singen, wie es euch gefällt. Ich werde mit meiner Frau Salali das Land mit Liebe regieren.«

Brennender Schmerz durchfuhr Fatima bei diesen Worten. Sie starrte auf den Prinzen. Der aber lächelte, umarmte sie und sagte: »Ab heute ist Fatima gestorben. Du bist meine Salali.«

Lange Tage und Nächte feierte das Volk seinen jungen König Salal und seine hübsche Gemahlin Salali. Doch Fatima wurden die Empfänge für die Händler und die reichen Bauern bald langweilig. Sie mußte stundenlang sitzen und lächeln. Die mit Juwelen verzierte Krone drückte schwer auf ihren Kopf, und die Perlenketten beengten ihren Hals. Der Name Salali blieb ihr fremd.

Eines Morgens wollte die junge Königin singen, aber ihr fielen nur noch die Lieder vom ungerechten König und dem gerechten Prinzen ein, und beide ödeten sie an. Sie versuchte sich an ein fröhliches Lied zu erinnern, aber es gelang ihr nicht. Als sie diesen Kummer ihrer Zofe anvertraute, sagte diese: »Vielleicht geht Eure Majestät auf den großen Balkon und schaut auf die Felder und Berge hinter den Mauern, das bringt Euch bestimmt wieder auf bessere Gedanken.«

Die Königin nickte und ging hinaus. Als sie jedoch auf dem Balkon stand, erschrak sie. Sie sah weder die Berge noch die Felder, weder die Blumen noch die bunten Vögel; was sie sah, ließ ihr das Blut in den Adern gerinnen. Der Platz hinter der Mauer war übersät mit Zelten armer Bauern. Es waren unzählige hinzugekommen, denn der Himmel geizte immer noch mit Regen, und die Wächter verwehrten den Armen immer noch den Zutritt in die Stadt.

Fatima war verzweifelt, weil ihr plötzlich einfiel, daß sie seit langer Zeit nichts mehr von ihren Eltern gehört hatte. Sie war zu beschäftigt gewesen, zuerst mit dem Sturz des alten Königs und dann damit, selbst eine Königin zu werden.

Auf dem großen Platz vor der Mauer hatte sich nach dem Sturz des alten Königs die Nachricht verbreitet, Fatima sei ums Leben gekommen. Anfangs hatten die Leute es nicht geglaubt. Aber bereits einen Tag nach der Flucht des alten Königs hatte ihnen der Prinz kein Essen mehr geschickt. Die Leute weinten bitterlich um sie. Vor allem die Eltern, die sich nun gegenseitig beschuldigten, Fatima in den Tod geschickt zu haben. Wer konnte denn ahnen, daß die hübsche Königin Salali ihre Fatima war.

Diese Königin Salali war so bestürzt beim Anblick der unzähligen hungernden Bauern, daß sie in in den Saal rannte, wo der König sich gerade mit seinem Wesir beriet. Als er ihr trauriges Gesicht sah, entließ er ihn und hörte schweigend an, was seine Frau bedrückte.

»Meine liebe Salali«, sagte er, als sie geendet hatte, »auch mich bekümmert das. Aber diese armen Teufel sind schmutzig und ausgehungert und dazu noch wild wie die Tiere. Wenn ich sie in die Stadt lasse, dann zerstören sie, was wir aufgebaut haben. Du mußt mir glauben, sie sind noch nicht reif genug, um unser Paradies zu betreten.«

Die Königin weinte bitterlich. Sie weinte nicht nur über die armen Bauern hinter der Mauer, sondern mehr noch über sich selbst, denn sie spürte in diesem Augenblick, daß sie sich getäuscht hatte. König Salal aber lächelte immer noch gütig. Er faßte sie an der Schulter und sagte: »Na schön, ich lasse sie rein, aber nur unter zwei Bedingungen: Erstens, du darfst nie mit ihnen reden, auch mit deinen Eltern nicht. Es gehört sich nicht, daß eine Königin mit einem solchen Gesindel redet. Und zweitens wird jeder, der unsere junge Ordnung stört, mit einem glühenden Stempel gebrandmarkt und für ewig aus der Stadt verbannt.«

Die Königin verließ niedergeschlagen den Saal. Sie fühlte Abscheu gegen Salal in sich aufsteigen, weil er so schlecht von ihren Eltern redete. Die Drohung, Diebe zu brandmarken, machte ihr keine Angst, weil sie sicher war, daß die armen Bauern lieber Hungers sterben würden, als etwas zu stehlen. Sie kannte die Leute aus ihrem Dorf, die nicht einmal vor Fremden die Türe verschlossen.

Der König befahl also die Tore zu öffnen, doch keiner der armen Bauern traute sich hinein. Erst nachdem ein paar Kinder neugierig das Tor passiert hatten und von den Wächtern nicht verjagt worden waren, näherten sich zwei ältere Männer den Wächtern und fragten, was das zu bedeuten habe.

»Ihr dürft hinein!« riefen diese kurz.

Zögernd ging die Menge zum Tor, aber dann entwikkelte sich rasch aus allen Lagerecken eine Menschenlawine, die in die Stadt hineinrollte. Viele wußten nicht, wohin sie gehen sollten. Ziellos irrten sie durch die Straßen und schauten verwirrt auf das bunte Treiben der Stadt.

Die anfängliche Freude verflog schnell. Als mehrere Kinder über den niedrigen Zaun eines gepflegten Gartens kletterten, um das Fallobst aufzusammeln, schrie sogleich ein Diener: »Diebe, Diebe!«

Die Kinder erschraken, denn sie wollten nur die Äpfel aufsammeln. Sie rannten auch nicht weg. Sie dachten, daß nicht sie gemeint seien. Zwei Wächter eilten herbei, ketteten die Kinder aneinander und führten sie zur Wache. Dort nahm ein großer Mann ein glühendes Eisen aus dem Feuer und drückte es auf die Stirn der Kinder. Das eingebrannte Zeichen hatte die Form eines Dreiecks. Danach schleppten die Wächter die Kinder an das Stadttor und warfen sie hinaus.

Bei Sonnenuntergang mußten die armen Bauern wieder die Stadt verlassen, und die Gebrandmarkten wimmerten vor Schmerz die ganze Nacht.

Am nächsten Tage gingen viele Bauern wieder in die Stadt, um Arbeit und etwas Eßbares zu finden. Den Gebrandmarkten wurde jedoch der Zutritt verwehrt. Viele Bauern wagten es aber auch nicht, in die Stadt zu gehen. Sie hatten Angst vor dem glühenden Dreieck. So blieben sie im Lager, obwohl das Tor offenstand. Andere trieb der Hunger hinein, und da der Hunger stärker als die Angst vor dem Brandzeichen war, versuchten manche, ein Huhn zu fangen, oder einen Apfel, eine Gurke oder eine Tomate zu stehlen, die in den üppigen Gärten wuchsen. Die Wächter aber lauerten überall, drückten den Ertappten den glühenden Stempel auf die Stirn und warfen sie zur Stadt hinaus.

Nach ein paar Monaten stand das Tor immer noch offen, doch es ging fast niemand mehr in die Stadt hinein.

Königin Salali ärgerte sich sehr, als der König vor geladenen Händlern erzählte, daß die armen Bauern es einfach nicht verstanden hätten, in der Stadt zu leben. Er schaute dabei immer wieder vielsagend auf seine Gemahlin.

»Das sind alles Diebe!« rief ein reicher Händler.

»Das meine ich auch«, wandte sich König Salal mit tiefer Verachtung an seine Frau.

Zum ersten Mal in ihrem Leben schämte sich Fatima ihrer Eltern und ihrer Dorfbewohner. »Warum müssen sie stehlen? Können sie sich nicht besser benehmen? Warum nehmen sie keine Rücksicht darauf, daß ich nun Königin bin?« dachte sie. Die ganze Nacht konnte sie nicht schlafen. In der Morgendämmerung stand sie auf und rief nach ihrer Zofe. Als diese sich vor ihr verbeugte, fragte die Königin: »Wo ist mein Gemahl?«

»Er lauscht mit den Gästen jungen Sängern im Ballsaal.«

»Na schön, mach dich bereit und sage dem Kutscher, ich will eine Fahrt um unsere Stadt machen.«

Die treue Dienerin verbeugte sich und eilte hinaus, den Befehl der Königin zu erfüllen. Nach einer kurzen Weile verließ eine kleine Kutsche, die von vier Schimmeln gezogen wurde, den Palast. Acht Wächter in glänzenden, buntgeschmückten Uniformen begleiteten sie. Als die Kutsche das Tor passiert hatte, schaute die Königin aus dem Fenster und sah die vielen Kinder, die im Abfall an der Mauer wühlten. Die Königin verzog angewidert ihr Gesicht, denn die Kinder sahen verkommen aus.

»Zum nördlichen Teil des Lagers«, flüsterte sie ihrer Zofe zu, lehnte sich zurück, schloß die Augen und dachte an die Begegnung mit ihren Eltern.

»Bestimmt haben die keinen Stempel auf der Stirn ... Sie wohnen sicher in einem kleinen, weißgetünchten Haus, wie damals im Dorf«, beruhigte sie sich.

Endlich blieb die Kutsche auf dem kleinen Platz vor der großen Eiche stehen. Der Kutscher sprang vom Sitz, die Menschen verließen ihre Zelte und starrten auf die Wächter, die einen Kreis um die Kutsche gebildet hatten. Die Königin stieg aus und blickte verwirrt auf die Menschenmenge. Sie sah die tiefen, schwarzen Narben auf den Stirnen. Plötzlich erkannte sie ihre Mutter in zerfetzten Kleidern und ergrauten Haaren. Auch sie war gebrandmarkt.

»Mutter!« rief die Königin entsetzt und machte vorsichtig ein paar Schritte auf sie zu. Die alte Frau wich zurück. »Mutter!« Die Königin streckte ihre Arme aus, aber die alte Frau starrte nur mit aufgerissenen Augen auf den Schmuck und das mit Perlen verzierte weiße Kleid der Königin. Vor ihren Augen erschien wieder das glühende Dreieck, sie schluchzte auf und schlug ihre Hände vors Gesicht.

»Du bist nicht meine Tochter!« rief sie entsetzt.

»Aber Mutter...«, rief die Königin.

»Meine Tochter ist schon lange tot! Der grausame König hat sie getötet!« rief die alte Frau und schluchzte. Sie bahnte sich in dem Gedränge der Leute einen Weg und verschwand hinter der Menschenmauer.

Die Königin drehte sich verdutzt um. »Vater... Onkel Ismail...!«

Aber ihr Vater und auch ihr alter Nachbar Ismail, der ihr früher so oft den Kopf gestreichelt hatte, wichen zurück.

Die Königin hielt verstört inne. Langsam drehte sie sich um und bestieg die Kutsche. »Schnell zum Palast!« stieß sie schluchzend hervor. Der Kutscher peitschte die Pferde, und sie rasten davon.

Lange Tage und Nächte lag die Königin in ihrem Bett. Sie weinte immerfort und wollte nicht aufstehen. Am vierten Tag schaute sie zum Fenster hinaus. Ein kalter Wind zog über die nackten Bäume und fegte die welken Blätter im Hof hin und her. Nur einige vergilbte Blätter klammerten sich noch an die Zweige und erzitterten. Der Himmel war bedeckt, und weit entfernt hinter den Bergen krachte der Donner, als rollten große Steine über eiserne Erde.

König Salal feierte mit seinem Gefolge ausgelassen im großen Saal. Als Königin Salali blaß und niedergeschlagen den Saal betrat, verscheuchte der König die beiden Tänzerinnen mit einem Klatschen. Der Hofnarr schlug einen Purzelbaum und trollte sich in die entfernteste Ecke des großen Saales.

»Was ist mit dir, meine Königin?« rief der Wesir und zwirbelte seinen schwarzen Schnurrbart.

»Da will man den Menschen helfen, aber was man auch macht, es ist falsch«, antwortete die Königin traurig und sank in einem der großen Sessel nieder. Draußen blitzte es, und der Donner schlug seine gewaltigen Trommeln.

»Nichts im Leben ist es wert, daß dein gütiges Herz traurig wird«, sagte der Wesir.

»Es ist die Eifersucht«, flüsterte der König ihm zu. Beide kicherten.

»So lange schon habe ich deine wunderschöne Stimme nicht mehr gehört. Vielleicht solltest du uns über deinen Kummer singen.« Der Wesir gab den anderen ein Zeichen. Der Hofnarr und die anwesenden Gäste verließen leise den Saal und ließen den König, den Wesir und die Königin zurück. Salali wollte über ihr Unglück singen, aber sie spürte eine stechende Trockenheit im Hals. Sie hustete kurz und hob erneut an. Aber sie hatte noch nicht einmal die erste Strophe beendet, als der König rief: »Meine Liebe! Das ödet mich an, das Leben ist wunderschön, schau dir die Blumen an und lausche den singenden Vögeln. Was fehlt dir denn? Sag es mir, und ich kaufe dir die teuersten Perlen und den kostbarsten Stoff. Aber verdirb mir bitte nicht meine gute Laune! Vor allem heute nicht.«

Doch Salali, die Königin, blieb stumm, denn ihr fehlten nicht Juwelen, sondern die Wärme ihrer Freunde und die Liebe der Bewohner ihres Dorfes.

Lange blieben die drei wortlos im Saal, dann winkte der König dem Wesir und stand auf.

»Du mußt dein Gesicht erfrischen und zur Feier kommen!« befahl er seiner Gemahlin und verließ gemeinsam mit seinem Wesir den Saal.

Die Königin brach in Tränen aus, ihr Schluchzen hallte von den hohen Kuppeln des Saales wider. Ihre Zofe trat leise herein und kniete vor ihr nieder. Wie abwesend schaute Salali sie an.

»Auch wenn man die Leute im Kerker in Ketten wirft,

singen sie. Auch als der Hunger meinen Bauch zerriß, habe ich gesungen. Aber jetzt... jetzt umhüllen mich die schönsten Kleider, und ich kann nicht singen. Sie haben mir den Mund mit den besten Speisen verstopft und mich mundtot gemacht«, schluchzte sie laut auf, und die Tränen liefen über ihre Wangen. In ihrem Zimmer versuchte die Königin mit duftenden Ölen und Puder die Spuren ihres Kummers zu verbergen. Doch alle Öle und Puder der Welt konnten die tiefe Trauer in ihrem Gesicht nicht verdecken.

Im großen Saal des Palastes feierten der König und seine Gäste den Jahrestag des jungen Königreiches. Nach den Festrednern traten die Musikanten, Tänzer und Hofnarren auf. Die Gäste berauschten sich am Wein und der Musik. Keiner wagte, nach der Königin zu fragen, deren Stuhl den ganzen Abend freiblieb.

In ihrem Schlafgemach hörte die Königin die Musik, Gesang und freudige Rufe durch die Palastgänge hallen. Im schummrigen Licht der Kerzen saß sie wie in einem großen goldenen Käfig. Es blitzte und donnerte immer noch, bis endlich der befreiende Regen auf die ausgedorrte Erde niederprasselte. Die Königin stand auf, öffnete das Fenster, schloß die Augen und atmete tief die frische Luft, die nach feuchter Erde roch.

»Endlich ist der Regen gekommen!« rief sie, und die Bilder ihrer Kindheit zogen an ihren Augen vorüber. Sie wünschte sich, wieder ein Kind zu sein und im Regen in den Pfützen zu spielen. Ein Lächeln umspielte ihr müdes Gesicht, und für einen Augenblick fühlte sie sich glücklich.

»Du bist noch wach!« erschreckte eine Stimme Salali. Eine eisige Kälte durchfuhr ihre Glieder. Sie drehte sich um und erblickte den König in der Tür ihres Zimmers.

»Verflucht seid ihr! Ich will zurück in mein Dorf!« schrie die Königin.

»Du bist eine primitive Wilde geblieben, die des Thrones nicht würdig ist«, antwortete der König eisig.

»Du hast mich getötet. Du hast mich mit Juwelen überschüttet und getötet. Dies hier ist nur meine Leiche!«

»Ich?! Ich habe dich aus dem Dreck geholt, ich wollte aus einer Wilden eine Königin machen!« Der König drehte sich um und ließ sie allein.

Gegen Mittag erschienen zwei Wächter und führten Salali aus ihrem Zimmer hinaus. Alle Palastdiener sahen ihr traurig nach. Auf dem großen Platz vor dem Palast stand eine fensterlose, schwarze Kutsche. Salali erschrak, als sie das seltsame Gefährt sah.

»Nein, ich will nicht!« schrie sie verzweifelt. Doch die Wächter stießen sie unsanft in die Kutsche und verriegelten die Tür. Der Kutscher peitschte auf die Pferde ein, und sie galoppierten durch das Tor.

Es regnete immer noch stark. Die Königin erkannte durch einen Schlitz den Platz vor der Stadtmauer. Überrascht weiteten sich ihre Augen, denn die Zelte waren verschwunden. Der Regen füllte die Kuhlen, die die abgebauten Zelte hinterlassen hatten. Fatima hörte nur noch die Peitschenhiebe des Kutschers, das Rattern der Räder auf dem holprigen Weg und das Klopfen der Regentropfen auf das Dach der Kutsche.

Nach einigen Stunden vernahm sie die freudigen Gesänge der armen Bauern. Ziegengemecker, Hühnergegakker und das Klappern von Geschirr vermischten sich mit Gesang. Fatima lauschte und drückte ihre Augen an den Türschlitz. Sie sah Menschen über Menschen, die in ihren nassen Kleidern vorwärtsschritten. Sie erblickte den alten Ismail, danach ihre Mutter und ihren Vater.

Der Kutscher verfluchte die Bauern, weil sie den Weg versperrten.

»Mutter...«, rief Fatima verzweifelt. Doch der Kutscher peitschte die Pferde und bahnte sich einen Weg am Straßenrand. Die Räder bespritzten die Vorbeiziehenden.

»Hurensohn!« riefen die Bauern dem Kutscher nach.

Dieser feuerte die Pferde noch mehr an, und Fatima wurde in ihren Sitz zurückgeworfen. Erst gegen Abend hielt die Kutsche an. Die Wächter zerrten Fatima heraus und führten sie durch das Tor einer Burg. Eine Köchin schaute aus dem Fenster, wischte sich ihr verschwitztes, dickliches Gesicht und schüttelte den Kopf. »So jung noch«, murmelte sie. Sie wußte, daß, wer in diese Burg hineinging, nie mehr herauskam.

Weit entfernt von diesem Gemäuer erreichten die Bauern ihr verlassenes Dorf. Die Häuser waren in der Zwischenzeit verfallen, und Fledermäuse hatten sich unter ihren Dächern eingenistet. Die Bauern krempelten ihre Ärmel hoch, säuberten ihre Häuser, tünchten die Wände und reparierten die Dächer. Wasser sprudelte aus der Quelle, und an den Bäumen bildeten sich erste Knospen. Bald stieg wieder Rauch aus den Kaminen, und nach einigen Tagen sah das Dorf aus, als sei es nie verlassen gewesen.

Es war oder es war nicht, und obwohl alles gelogen ist, ist es doch genau die Geschichte unserer Vorfahren.

Fatimas Vater schaute seine Gäste an. Viele atmeten auf. Mustafas Frau wischte sich die Tränen aus dem Gesicht.

»Die Fatima aus der Geschichte tut mir irgendwie leid«, schluchzte sie.

»Die Armen sind Esel, auf denen man reitet, bis man sie nicht mehr braucht. Dann stößt man sie den Abgrund hinunter«, seufzte Mustafa.

Erst spät in der Nacht gingen die Gäste nach Hause. Fatima räumte die Tassen beiseite, während der Vater die Matratze auf dem Boden ausbreitete. Er strich über Fatimas Kopf.

»Du siehst blaß aus, Kind, was ist mit dir los?« fragte er und ohne ihre Antwort abzuwarten, fuhr er fort: »Du bist bestimmt sehr müde.«

Fatima flüsterte leise: »Nein, ich bin nicht müde«, und dachte dabei an die einsame Salali.

»Träume schön, Kind«, flüsterte der Vater und küßte sie auf die Wange, drehte sich um und pustete die Öllampe aus.

Der Vollmond stand hoch am Nachthimmel und strahlte durch das Fenster. Fatima konnte lange nicht einschlafen.

Sie dachte unentwegt an die Königin hinter den Burgmauern. Vorsichtig tastete sie ihre Stirn ab. Doch sie fühlte keine Narben. Noch lange hörte sie das gleichmäßige Atmen ihres Vaters, und erst, als der Mond ihren Blicken entschwand, fielen ihr die Augen zu.

Der Sommer war unbarmherzig heiß, und die Bauern hofften vergebens auf Regen. Der Winter war eisig kalt und trocken, und die Quelle versiegte. Im Frühjahr waren die Vorräte fast aufgebraucht, und nur ein paar ausgemergelte Schafe, die den Winter überlebt hatten, suchten verzweifelt nach etwas Grünem. Als auch das nächste Jahr keinen Regen brachte, rief der Dorfälteste, ein greiser Mann mit schneeweißem Bart, alle Bewohner auf dem Dorfplatz zusammen.

»Es ist soweit, wir müssen in die Stadt ziehen, hier können wir nicht einen Monat länger überleben.«

Fatima, die neben ihrem Vater stand, faßte ängstlich seine Hand. Nachdem der Dorfälteste seine Rede beendet hatte, sammelten die Bewohner ihre wenige Habe und packten sie auf die Rücken ihrer Esel. Fatima half ihrem Vater, während dieser seinen ärmlichen Hausrat auf dem Rücken seines Esels befestigte. Langsam bewegte sich der Zug den staubigen Weg entlang, der aus dem Dorf führte. Fatima lief weinend neben dem Esel her. Weit entfernt vom Dorf drehte sie sich noch einmal um und schaute zurück. Sie schwor sich, sobald es Regen gäbe, zurückzukehren.

Das Schaf im Wolfspelz

Es war einmal, es war keinmal, es war ein Schaf namens Hilu, das zusammen mit anderen Schafen auf einer großen Weide lebte. Das Gras wuchs reichlich. Vermischt mit den vielen Kräutern, die es dort gab, bot es den Schafen schmackhafte Nahrung.

Die Schafe lebten zufrieden miteinander. Nur Hilu war meistens unzufrieden. Er wollte immer bewundert werden, und wenn es Mittag wurde und kein Schaf ihm gesagt hatte, wie schön seine Augen seien und wie geschickt er die Grashalme abfressen könne, war er den ganzen Nachmittag schlecht gelaunt.

Die Schafe spielten oft miteinander. Natürlich wollte jedes einmal gewinnen. Doch keines war so erpicht darauf wie Hilu, der immer gewinnen wollte. Im Rennen wie im Singen, im Springen wie im Fressen.

Hilu hatte tatsächlich eine besondere Fähigkeit. Er konnte den Gesang der Vögel, das Bellen der Hunde, das Meckern der Ziegen und das Miauen der Katzen so gut nachahmen, daß er sogar die Vögel, die Hunde, die Katzen und die Ziegen damit zu täuschen vermochte. Die Schafe bewunderten ihn, und manches Schaf beneidete ihn auch, nachdem es vergeblich versucht hatte, ein Miauen über seine Lippen zu bringen. Das Lob der Schafe wegen dieser Fähigkeit reichte aber Hilu nicht aus, er wollte auch im Rennen und Springen Siegen. Doch das konnte er nun mal nicht.

Alle Schafe hatten Angst vor den Wölfen. Hilu gab seine Angst aber nicht zu. Er weidete sich daran, die anderen zu schmähen, wenn sie ängstlich vor den Wölfen herumirrten.

»Was seid ihr für Feiglinge! Ihr hättet mal sehen sollen, wie viele Wölfe ich schon in den Bauch gestoßen habe.«

Die anderen Schafe schauten ihn beschämt an, weil sie

ihn wirklich nicht gesehen hatten, denn auf der Flucht dreht sich kein Schaf um.

Immer häufiger griffen die Wölfe die Schafherde an und rissen viele Lämmer. Dem Schäfer wurde es zuviel, er kaufte sich eines Tages eine Flinte und lauerte den Wölfen auf. Als das Wolfsrudel wieder einmal in die Herde einfiel, erschoß er den Leitwolf. Die anderen Wölfe erschraken und suchten das Weite.

Der Schäfer zog mit einem scharfen Messer dem Wolf den Pelz ab, denn dieser war im Dorf sehr wertvoll. Wer an der Wand seines Hauses ein Wolfsfell hängen hatte, galt als mutiger Mann, und Mut war in diesem Dorf eine Seltenheit, die daher von den Männern gerne zur Schau gestellt wurde.

Alle Schafe schauten angewidert weg, als der Schäfer den Wolf abhäutete und das Fell sorgfältig wusch. Nur Hilu beobachtete ihn aufmerksam. Die Schafe grasten bereits wieder, als der Schäfer das nasse Fell auf einem großen flachen Stein ausbreitete, damit es unter den Sonnenstrahlen trocknete. Hilu jedoch betrachtete gebannt das Fell, aus dem das Wasser über die Steinkanten tropfte.

Mittags suchten sich die Schafe einen schattigen Platz hinter dem Felsen oder unter den großen Bäumen, während der Schäfer neben seinem Hund in einer aus Zweigen und Laub gebauten Hütte schlief. Hilu, der immer noch vor dem Wolfsfell stand, warf einen Blick auf die im Schatten dösenden Schafe und grinste hinterhältig.

»Ich werde ihnen ein bißchen Angst einjagen«, flüsterte er.

Er zog mit seinen Zähnen das Fell vom Stein herunter und drehte es um. Danach legte er sich so auf das Fell, daß er seinen Kopf in den ausgehöhlten Wolfsschädel stecken konnte. Er stand auf. Das nasse Fell saß wie angegossen auf seiner Haut. Hilu war begeistert, denn es gelang ihm sogar, das Maul mit den scharfen Zähnen auf- und zuzuklappen. Durch die beiden Löcher in der Kopfhaut, dort, wo die Wolfsaugen gesessen hatten, blickten nun Hilus überglückliche Augen. Dann jedoch fiel sein Blick auf seine Beine, und seine Freude trübte sich, denn das Fell reichte nur bis zu seinen Knien. Verzweifelt besah er sich seine Hufe.

»Verdammt!« fluchte er. Doch plötzlich fiel ihm ein, daß mit ein bißchen Schlamm seine Hufe verdeckt werden könnten. Er schlich sich zum Fluß, stieg ins Wasser und stampfte anschließend mit seinen Hufen so lange in die trockene Erde, bis eine dicke Schlammschicht die Hufe bedeckte.

»Nun kann man sie nicht mehr sehen«, atmete Hilu erleichtert auf. Dann bewegte er sich leise im Schutz des hohen Grases auf drei Schafe zu, die im Schatten eines Kastanienbaumes dösten.

Das Schaf im Wolfspelz hielt inne, knurrte wie ein Wolf, was ihm auch prächtig gelang, und schoß dann aus dem hohen Gras. Die Schafe erschraken fürchterlich. Blitzschnell fuhren sie hoch und stoben davon. Hilu versteckte sich wieder im hohen Gras.

»Komisch«, sagte eines der Schafe, als es sicher war, daß der Wolf es nicht mehr verfolgte. »Ich habe überhaupt nicht den Geruch der Wölfe gewittert. Plötzlich war einer da.«

Die anderen Schafe zweifelten.

»Das hast du dir eingebildet«, sagte ein älteres Schaf.

Aber die anderen beiden, die den Wolf auch gesehen hatten, schworen, daß es sich wirklich um einen Wolf gehandelt habe, und bevor sie noch einmal ihre Geschichte erzählen konnten, vernahm man wieder das gefährliche Knurren. Das Schaf im Wolfspelz hatte sich herangeschlichen. Plötzlich schoß es aus dem hohen Gras, und acht Schafe verstreuten sich erschrocken in alle Himmelsrichtungen.

Das Schaf im Wolfspelz war überglücklich, denn es hatte zum ersten Mal in seinem Leben dem großen Hammel Angst eingejagt, vor dem es bisher immer einen großen Respekt gehabt hatte. Hilu beobachtete schadenfroh, wie dieser noch bebend vor Angst den Hund des Schäfers aus seinem Mittagsschlaf weckte.

Der jedoch fühlte sich gekränkt.

»Nein, nein, mein Lieber«, sagte er, »auf meinen Geruchssinn ist Verlaß, und weit und breit rieche ich keinen Wolf. Die Hitze bringt euch durcheinander.«

Zum ersten Mal fühlte sich das Schaf im Wolfspelz den anderen Schafen weit überlegen.

»Ich kann jedem Angst einjagen, wenn ich will«, flüsterte Hilu und rieb sich vergnügt die Vorderhufe.

Der Schäfer war inzwischen durch die Unruhe in seiner Herde aufgewacht. Er schaute verwirrt auf den wieder eingeschlafenen Hund.

»Du bist auch älter geworden«, murmelte er, nahm seine Flinte und trat ins Freie. Hilu, der den Schäfer kommen sah, versteckte sich schnell hinter einem Gebüsch. Es dauerte eine Weile, bis der Schäfer seine Schafe wieder beieinander hatte. Danach setzte er sich mißtrauisch auf einen großen Stein und legte seine Flinte auf den Schoß. Doch weit und breit erblickte er keine Gefahr.

Plötzlich fiel sein Blick auf den Stein, auf den er das Wolfsfell ausgebreitet hatte. Er erschrak. Das Fell war verschwunden, und der nasse Fleck auf dem Stein sah wie das höhnische Gesicht eines Teufels aus.

»Um Gottes willen«, flüsterte der Schäfer, der sich an die Geschichte vom unsterblichen Teufelswolf erinnerte. Seine Großmutter hatte sie ihm erzählt.

»Aber die Eingeweide sind noch da«, beruhigte er sich wieder. Doch die Ungewißheit zehrte weiter an seinen Nerven, und immer wieder mußte er an die Geschichte seiner Großmutter denken.

»... Ein Teufelswolf stirbt nie. Er kommt noch am selben Abend zurück und rächt sich an denen, die auf ihn geschossen haben.«

Schaudernd beschloß der Schäfer, die ganze Nacht vor seiner Hütte zu wachen.

Das Schaf im Wolfspelz verharrte regungslos in seinem

Versteck, denn der Schäfer saß ihm genau gegenüber. Erst als die Dunkelheit hereinbrach, trieb der Schäfer seine Herde zusammen. Immer wieder hetzte er seinen Hund um die Herde.

Hilu wollte gerade sein Versteck verlassen, den Wolfspelz abstreifen und sich unter die Schafe der Herde mischen, als er hinter sich die Stimme eines Wolfes hörte.

»Du bist der mutigste Wolf, den ich je gesehen habe«, sagte der Wolf zu Hilu, dem das Blut in den Adern vor Angst erstarrte. »Noch nicht einmal vor dem Schäfer und seiner Flinte hast du Angst gehabt. Wir haben dich die ganze Zeit beobachtet und gesehen, wie du die Schafe gehetzt und furchtlos vor der Flinte des Schäfers gesessen hast.«

Hilu genoß die Bewunderung des Wolfes. »Sogar die Wölfe haben Respekt vor mir«, dachte er.

»Komm mit, wir reißen uns ein saftiges Schaf«, rief der Wolf, der natürlich nicht ahnte, daß der Wolf im Gebüsch nur ein Schaf war.

»Oder hast du jetzt plötzlich Angst?« fragte ein hinzugekommener Wolf argwöhnisch.

»Nein,... warum... ich und Angst haben!« Das Schaf schlotterte und zitterte vor Angst. »Was passiert, wenn der Wolfspelz abfällt?« überlegte es, und ein Schweißtropfen kitzelte Hilu an der Nasenspitze. »Aber nein, das Fell klebt so fest, daß du keine Angst zu haben brauchst«, beruhigte ihn eine innere Stimme. Hilu atmete tief auf.

»Nun los!« rief ein dritter Wolf, und die anderen folgten ihm. Auch Hilu rannte hinter ihnen her. Gemeinsam hetzten sie ein kleines Lamm, das abseits von der Herde lag. Der Schäfer erschrak, und er vermochte seine Flinte nicht so ruhig zu halten, wie er es sich vorgenommen hatte. Erst als die Wölfe weit entfernt von der Herde das gehetzte Lamm zu Boden warfen und zerrissen, schoß der Schäfer ziellos in die Dunkelheit.

»Es hat ohnehin heute keinen Zweck«, sagte er zitternd und unterwarf sich der Rache des Teufelswolfs.

Hilu schaute schaudernd zu, wie die Wölfe gierig das Fleisch des Lammes fraßen.

»Nichts wie weg!« dachte er. »Das ist ja ekelhaft.« Doch bevor er weiter überlegen konnte, stieß ihm einer der Wölfe in die Rippen.

»Du bist aber ein komischer Wolf«, sagte er und schmatzte genüßlich an einer Keule. »Erst lauerst du und riskierst dein Leben, und dann rührst du kein Stück Fleisch an.«

»Vielleicht hat er Angst vor uns. Komm, junger Bursche, wir tun dir schon nichts.« Der jüngste Wolf grinste.

»Ach,... ich habe keinen Hunger«, sagte Hilu.

»Du kennst doch die Regel, wer nicht mitfrißt, ist ein Verräter.« Der älteste Wolf schaute Hilu streng in die Augen. Aber Hilu hatte von Wolfsregeln natürlich keine Ahnung.

»Oh, nein... ich werde aus Freundschaft ein Stück mitessen«, stotterte Hilu und näherte sich dem zerrissenen Lamm. Als er jedoch das Blut sah, wandte er angewidert seinen Blick ab.

»Greif zu, Mann!« rief ihm der junge Wolf zu.

Hilu schloß die Augen und biß ins Fleisch. Eine warme, klebrige Masse füllte seinen Mund. Mühsam und angewidert kaute er. Und da er noch nicht gelernt hatte, die Wolfszähne zu gebrauchen, schluckte er das Stück ganz hinunter.

»Na also!« rief der große Wolf, und Hilu trat einige Schritte zurück und öffnete erleichtert die Augen.

Der Vollmond über den Bergen warf sein Licht auf die Ebene. Hilu wurde sehr müde, denn als Schaf schlief er früh ein. Nun bemerkte er staunend, daß die Wölfe immer munterer wurden.

»Seht den Vollmond, nun ran ans Heulen!« rief der jüngste Wolf, der sich nichts Schöneres vorstellen konnte, als im Kreise seiner Gefährten die runde Scheibe am Nachthimmel anzuheulen. Hilu dagegen wollte am liebsten schlafen. Doch er zwang sich, aufmerksam zuzuhören, wie der älteste Wolf seine langgezogenen, klagenden Schreie in den Nachthimmel schickte. Dem Schaf im Wolfspelz zitterten die Beine. Der älteste Wolf verstummte, atmete tief ein und drehte sich zum zweitältesten Wolf.

»Nun bist du dran«, sagte er zu ihm. Die Stimme des zweitältesten war noch kräftiger als die des ersten Wolfes.

»Gleich bin ich dran«, dachte Hilu und verfolgte das Geheul angespannt.

»Und nun ist unser Gast dran!« kündete der Älteste an.

»Nein, ich!« widersprach aufgebracht der jüngste Wolf.

»Aber er ist doch älter und kräftiger als du«, entgegnete ihm der älteste Wolf.

Hilu hätte natürlich am liebsten dem jüngsten Wolf den Vortritt gelassen, aber das ließ der Rudelführer nicht zu. »Wenn ich sage, der Gast kommt vor dir dran, dann hältst du das Maul, verstanden?!« bellte er und biß den Jüngsten in die Seite, der sich – als Zeichen seiner Ergebenheit – knurrend auf den Boden warf.

»Nun leg schon los«, ermunterte der Wolf Hilu, und der heulte, so laut er konnte, und versetzte die drei Wölfe in großes Erstaunen.

»So ein schönes Geheul habe ich noch nie gehört.« Der älteste Wolf blickte Hilu anerkennend an. »Und nun bist du dran«, forderte er den Jüngsten auf, »aber mache es kurz, ich habe einen Wolfshunger.«

Der Benjamin des Rudels heulte so jämmerlich, daß selbst Hilu darüber lachen mußte.

»Seht euch diesen kräftigen Hasen an, den nehme ich mir zur Brust.« Der zweitälteste Wolf rannte hinter dem Hasen her, der im Mondschein auf dem nahegelegenen Hügel in panischer Angst seine Haken schlug. Nach einer kurzen Weile hörte Hilu den Hasen ängstlich wimmern. Totenstille!

»Den hat er schon.« Der älteste Wolf lächelte, und diesmal mußte Hilu ein Stück des Hasen fressen. Das fiel ihm etwas leichter, nur der Magen tat ihm langsam weh. Erst als die Morgendämmerung hereinbrach, begaben sich die Wölfe zur Ruhe. Hilu mußte lange warten, bis die drei eingeschlafen waren, und die Minuten verrannen so langsam, als wären sie Jahre. Endlich erhob er sich und wollte davonschleichen. Doch eine laute Stimme erschreckte ihn.

»Halt! Wohin?« Hilu erkannte die Stimme des zweitältesten Wolfes.

»Nirgends,... einfach nur... ein paar... Schritte«, stotterte er.

»Nein, Freund, das geht nicht. Wir wollen uns ausruhen, du wirst die Hunde auf uns aufmerksam machen.«

Auch die anderen Wölfe erwachten. »Hiergeblieben! Du machst keinen Schritt, bevor du mich nicht gefragt hast. Hast du verstanden?« wies der älteste Wolf Hilu an seinen Platz.

Hilu nickte und legte sich auf den Boden.

»Also, ich finde ihn komisch«, dachte der jüngste Wolf laut nach.

Als Hilu erwachte, stand die Sonne schon hoch am Himmel, und die Wölfe spielten vergnügt miteinander. Sie stießen sich gegenseitig zu Boden, knurrten gefährlich und bissen sich in den Hintern. Das Schaf im Wolfspelz erschrak zu Tode und meinte noch zu träumen, denn die Wölfe in seiner Nähe taten ihm nichts. Er schaute auf sein Fell und überlegte, ob er nicht doch ein Wolf sei. »Vielleicht war mein Leben als Schaf nur ein Traum.«

»Willst du mit uns spielen?« fragte der jüngste Wolf.

»Nein, ich bin heute etwas müde.« Hilu lächelte verlegen.

»Was bist du nur für ein Wolf!« rief der Anführer. Er wollte Hilu gerne im Spiel unterwerfen.

»Ich sage es euch, ich rieche bei ihm eher den Geruch eines Schafes als den eines Wolfes«, flüsterte der Jüngste ihm daraufhin zu.

»Nun erzähl doch mal, woher du kommst und was du bis jetzt alles erlebt hast«, griff der Zweitälteste ein, und alle drei näherten sich Hilu. Sie starrten ihn mit großen

Augen an, und fletschten ihre häßlichen, gelben Zähne, daß es Hilu angst und bange wurde.

Hilu erzählte eine lange Geschichte über sein Leben. Seine Mutter sei eine besonders schöne Wölfin gewesen und sein Vater ein besonders starker Wolf. Er habe die ganze Welt gesehen und große Enttäuschungen in mehreren Wolfsrudeln erlebt. Deshalb halte er sich gerne abseits, und nun wolle er weiterziehen.

»Das kommt nicht in Frage. Du hast allein genug gelitten, und ich finde dich ganz in Ordnung. Du bleibst hier!« Der Anführer glaubte die rührende Geschichte, die Hilu erzählt hatte.

»Und warum riechst du so stark nach einem Schaf?« wollte der jüngste Wolf neidisch wissen.

»Du bist ein Dummkopf. Jeder erfahrene Wolf weiß, daß jedem, der so viele Schafe gerissen hat, der Geruch der Schafe an seinem Fell hängen bleibt«, ergriff der Zweitälteste für Hilu Partei.

Der jüngste Wolf zitterte vor Wut.

»Es schadet nichts, wenn sie ein bißchen Angst vor mir haben«, besänftigte Hilu sein aufgeregtes Herz und fühlte sich wieder stark.

Die Tage vergingen, und das Schaf im Wolfspelz vergaß seine Angst vor den Wölfen gänzlich. Er spielte mit ihnen, schlief wie sie nur kurze Zeit und heulte immer schöner. Das Fell klebte fest an seiner Haut, als wäre es sein eigenes. Er fing sogar an, seinen Pelz zu lecken, und sah noch prächtiger aus als die anderen Wölfe. Immer wieder klebte er heimlich Schlamm auf seine Hufe. Doch die Wölfe achteten gar nicht darauf, denn ihre Pfoten waren auch immer dreckig. Nur eines konnte Hilu nicht so gut wie die Wölfe: Er konnte nicht so schnell rennen, und so entwischten ihm alle Hasen, denen er nachstellte. Die drei Wölfe verwöhnten ihn auch nicht mehr. Nach wenigen Tagen gaben sie ihm nur noch die schlechtesten Stücke der Beute. Doch das Schaf im Wolfspelz fraß diese Reste zufrieden. Ab und an aber sehnte es sich nach einem Mundvoll saftigen Grases, und wenn die Wölfe es nicht bemerkten, füllte Hilu seinen Bauch mit Kräutern und Gräsern.

Der jüngste Wolf aber, dem die letzte Stelle in der Rangordnung zufiel, drängte Hilu immer mehr: »Es wird Zeit, daß du auch mal eine saftige Beute schlägst.« Hilu hatte ihn um ein Stück des Hasen gebeten, den er erlegt hatte.

»Ja, aber...«, wollte das Schaf im Wolfspelz eine Ausrede vorbringen. Er blickte den ältesten Wolf hilfesuchend an, aber dieser war zum Entsetzen Hilus inzwischen ziemlich abweisend geworden.

»Was heißt hier *aber!* Eine Rangordnung muß immer auf dem neuesten Stand sein, und alle, die ihres Ranges nicht würdig sind, müssen gestürzt werden. Sonst verfault die Rangordnung und bricht in sich zusammen. Ein Wolf, der nur von den Resten der anderen lebt, verdient in unserer Gemeinschaft die letzte Stelle.« Er blickte nachdenklich in die Ferne. »So ist es nun mal. Auch ich muß eines Tages abtreten«, flüsterte er abwesend.

Der junge Wolf strahlte: »Jawohl, genau so ist es! Die Stellen der Rangordnung müssen immer neu verteilt werden.«

»Ihr irrt euch! Ich kann Dinge machen, die der stärkste Wolf nicht kann.«

Das verschlug den Wölfen die Stimme.

»Was sagst du da?« erboste sich der Anführer.

»So ein Angeber«, fiel der zweite ein.

»Aber nein, ich gebe nicht an«, rief Hilu wütend. »Ich kann vielleicht nicht so gut rennen wie ihr, dafür habe ich mehr Mut.«

»Das kann jeder sagen«, unterbrach ihn der jüngste Wolf.

»Ich kann am hellichten Tag zur Schafherde gehen und euch den dicksten, stärksten Hammel in die Arme treiben«, fuhr das Schaf im Wolfspelz unerschrocken fort.

»Hört euch unseren Neuling an, jetzt schnappt er gänzlich über«, belustigte sich der jüngste Wolf.

»Das kannst du nicht im Ernst gemeint haben«, versuchte der Anführer Hilu zu bremsen.

»Doch, ich kann es!« beharrte Hilu entschieden.

»Ich meine, es ist lebensgefährlich, was du dir ausgedacht hast«, fiel der zweitälteste Wolf, der die Unsicherheit des Rudelführers sichtlich genoß, in den Streit ein.

»Gut! Wir wollen es sehen. Ihr bleibt, wo ihr seid, und ich treibe euch diesen herrlichen Hammel da unten in die Fänge, und das jetzt am Tage, und vor der Nase des grausamen Hundes.« Hilu schlich davon.

»Er ist ein komischer Wolf.« Der Rudelführer war tatsächlich unsicher geworden.

»Aber Mut hat er.« Der Zweitälteste witterte seine Chance und verfolgte Hilu mit den Augen.

Hilu schlich im hohen Gras der Weide an einen großen, weißen Hammel heran, der abseits der Herde die Blätter einer Maispflanze genoß. Er versteckte sich hinter dem dichten Gestrüpp aus Granatapfelbäumen. Hilu kannte den Hammel gut. »Aha, das ist der ewig Verliebte.« Nach einer kurzen Weile flüsterte Hilu so, daß der Hammel ihn hören mußte: »Laß mich doch... ich liebe dich nicht! Ich liebe nur den großen weißen Hammel. Er wird dich umbringen, wenn er dich erwischt.«

Der weiße Hammel hob verwirrt den Kopf, denn die Stimme war die seines geliebten Schafes. Als er herausgefunden hatte, woher diese Stimme kam, rannte er zornig auf das Gebüsch zu. »Ich werde ihn umbringen!« Seine Augen funkelten wütend.

Hilu schlich geschickt zu einem anderen Gebüsch, das unmittelbar am Fuße des Hügels lag, in der Nähe der sich versteckt haltenden Wölfe. Von dort lockte Hilu erneut mit der Stimme des schönen Schafes, und wieder rannte der weiße Hammel auf das Gebüsch zu, verzweifelte aber, da er auch hier sein geliebtes Schaf nicht entdeckte. Plötzlich hörte er jedoch das Gejammer mitten im hohen Gras am Fuß des Hügels. Er sah, wie sich das Gras bewegte, und rannte wütend bockend auf die Stelle zu, wo er sein Schaf vermutete. Doch Hilu hatte sich bereits in einem Bogen um ihn herumgeschlichen und griff knurrend den verwirrten Hammel an. Der wußte sich nicht anders zu retten, als hinauf auf den Hügel zu flüchten, direkt in die Klauen der lauernden Wölfe.

»Das war ein Meisterstück«, entfuhr es dem zweitältesten Wolf bewundernd.

»Ein bißchen riskant, aber alle Achtung. Du bist ab heute der zweite in unserer Rangordnung«, lobte der Anführer Hilu.

Der jüngste Wolf näherte sich auch und warf sich vor Hilu auf den Boden. »Entschuldige bitte, ich habe mein Maul zu voll genommen«, jaulte er demütig.

Das Schaf im Wolfspelz spuckte ihn an und trat ihm in den Hintern. »Nicht in den Beinen liegt es, was die Rangordnung bestimmt, sondern im Kopf«, belehrte ihn Hilu und dachte dabei: »Diesen dämlichen Wolf habe ich nun erledigt. Aber warum bin ich eigentlich nur der zweite? Der Angeber erteilt uns nur Befehle, das kann ich auch. Der erste Platz wird mir gehören!«

Die Zeit verstrich, und Hilu wartete geduldig auf eine Gelegenheit, den großen Wolf hereinzulegen. Jedesmal, wenn er an der Reihe war, Beute zu besorgen, schlich er sich am hellichten Tag den Hügel hinunter auf die Weide, ahmte die Hilferufe eines Lammes nach, das seine Mutter rief, oder die eines Hammels, der nach einem Freund schrie, damit dieser ihn aus der Klemme hole. Das fiel Hilu nicht schwer. Die Schafe waren gutmütig und hilfsbereit, und er kannte sie alle mit Namen. Und so liefen die Schafe, Hammel und Lämmer in seine Fallen.

Der Rudelführer stachelte seine Untergebenen zu immer neuen Jagden an, und die rissen so viele Schafe, daß große Stücke Fleisch ungefressen verfaulten. Hilu war der fleißigste Jäger.

Eines Tages lauerte das Schaf im Wolfspelz hinter einem dichten Gebüsch. Plötzlich sah er ein Schaf, das alleine und weit entfernt von der Herde saß und schluchzte.

»Hier, Mutter, hier bin ich... hilf mir doch!« stöhnte Hilu laut, damit das traurige Schaf ihn hörte.

»Mein geliebtes Lamm«, beweinte das Schaf immer aufs neue sein Junges, das die Wölfe vor einigen Tagen gerissen hatten, als sie das Gestöhne Hilus vernahm. »Ich komme, ich komme!« Sie eilte von Gebüsch zu Gebüsch den Hilferufen nach, die Hilu ausstieß.

Doch dann hörte Hilu die weinende Mutter vor sich hin flüstern: »Ich bin ja verrückt geworden, wie die Mutter Hilus, die Tag um Tag und Nacht um Nacht ihren Sohn sieht. Was für ein Schicksal haben doch Mütter, die den Tod ihres Kindes überleben müssen!«

Hilu erstarrte, denn er hatte die ganze Zeit, die er unter den Wölfen weilte, seine Mutter vergessen. »Aber ich lebe doch«, rief er laut, und das Schaf staunte, denn diese Stimme war nicht die Stimme ihres Sohnes, sondern die von Hilu.

»Hilu! Bist du das?« rief sie unsicher.

»Ja! Aber komme nicht näher. Sage meiner Mutter, daß ich lebe, warne sie aber, an diesen Platz zu kommen.«

»Aber wieso? Warte doch! Deine Mutter wird sich freuen.« Und bevor Hilu dem Schaf erklären konnte, warum es gefährlich sei, rief das Schaf fröhlich nach Hilus Mutter, die nicht weit entfernt graste. »Komm! Dein Hilu ist da.«

Hilus Mutter hob ihren Kopf. »Machst du dich lustig über mich?«

»Nein, ich schwöre dir, er ist hinter dem Gebüsch. Ich sehe sogar seinen Schatten.«

Die Mutter näherte sich dem Gebüsch, und den Wölfen lief bereits das Wasser im Munde zusammen, als sie von ihrem Versteck aus sahen, wie ein zweites Schaf herankam. »Wo ist mein Hilu?« fragte sie erregt.

Hilu sah das traurige Gesicht seiner Mutter und wollte sie am liebsten umarmen. Sie kam immer näher. Hilu wußte, daß beiden Schafen der Tod sicher war, wenn er noch länger in seinem Versteck verweilte.

»Wo bist du, mein Herz?« rief seine Mutter.

Hilu drehte sich zu den Wölfen um und sah, wie sie bereits ihre Zähne bleckten. »Nein, meine Mutter bekommen sie nicht, ich werde ihnen ein anderes Schaf besorgen«, sprach er zu sich und schoß knurrend aus dem Gebüsch auf die zwei Schafe zu, die erschrocken flüchteten und von Hilu zurück zur Herde getrieben wurden.

»Der ist doch verrückt geworden«, rief der jüngste Wolf, als er sah, wie sich Hilu der Herde näherte.

Unten auf der Weide rief Hilu: »Mutter, laß dich umarmen.« Er rannte hinter den Schafen her.

»Das ist aber merkwürdig, ein Wolf, der wie Hilu redet«, wunderte sich das Schaf an der Seite von Hilus Mutter.

»Ein Teufel ist das!« Die Mutter stöhnte auf und bemühte sich, noch schneller zu rennen.

Die Herde, die durch das Geschrei der zwei Schafe aufgeschreckt worden war, rannte wild durcheinander. Der Hund wurde aus seinem Schlaf gerissen. Bellend raste er auf das Schaf im Wolfspelz zu.

Hilu erkannte die Gefahr. Er stoppte, als er sah, daß seine Mutter unter den Schafen in Sicherheit war, drehte um und rannte so schnell er konnte dem Hügel zu, um auch sich in Sicherheit zu bringen.

»Der bringt es doch fertig, den Hund auf uns zu hetzen«, rief der jüngste Wolf entsetzt.

»Warten wir es ab«, beruhigte ihn der älteste Wolf.

Bevor aber Hilu den Hügel erreichte, packte ihn der wütende Hund und warf ihn zu Boden. Ein wilder Kampf entbrannte. Eine große Staubwolke umhüllte die beiden und nahm den Wölfen die Sicht.

Plötzlich rief der jüngste Wolf erstaunt: »Das ist unglaublich, ein Schaf taucht aus der Staubwolke auf und rennt auf uns zu.«

»Wie schafft er nur solche Kunststücke!« Die beiden älteren Wölfe standen sprachlos mit offenen Mündern und sahen, wie der Hund weiterhin Staub aufwirbelte, während ein Schaf den Wölfen auf dem Hügel zustrebte.

Der Hund, der das Fell von Hilus Rücken heruntergerissen hatte, kämpfte immer noch wütend und verbissen, ohne zu merken, daß das Schaf sich bereits aus dem Staub gemacht hatte. Er trampelte auf dem Fell herum, warf es hoch und zerrte es wild hin und her. Erst als es eine Zeitlang regungslos auf dem Boden lag, beruhigte er sich.

»Haut ab, der Hund ist heute wahnsinnig geworden!« rief Hilu atemlos den Wölfen zu. Sein Erstaunen war groß, als er merkte, daß die Wölfe nicht davonliefen, sondern ihn ansprangen. Erst als der jüngste Wolf sein Bein packte, neigte Hilu seinen Kopf und beschaute die schmerzende Wunde. Fassungslos bemerkte er, daß er den Wolfspelz verloren hatte. Es war zu spät.

Auf der Weide wunderte sich der Schäfer, als sein Hund stolz mit dem Wolfspelz angetrottet kam und diese Beute vor seinen Füßen niederlegte. Er atmete erleichtert auf, denn nun war er doch davon überzeugt, daß die Geschichte vom Teufelswolf tatsächlich nur ein Ammenmärchen war.

Die Hölle

Die Schüler des Meisters Kein Lei Stung fragten, ob es stimme, daß die Hölle sehr heiß sei und nach Schwefel stinke. Der alte Meister lachte herzlich und sagte: »Glaubt ja den Pfaffen nicht, sie erzählen euch diese Gruselgeschichten über die Hölle nur, damit sie euch um das irdische Paradies bringen.« Und er erzählte die wahre Geschichte der Hölle...

Wie bekannt ist, kamen seit Tausenden von Jahren nur die lebenslustigsten und die aufrichtigsten Menschen in die Hölle: angefangen bei den Künstlern über die Wissenschaftler bis zum letzten Säufer. Denn wer früher sagte, die Erde sei rund, kam in die Hölle, und wer gar zu sagen wagte, die Erde drehe sich um die Sonne, sicherte sich einen Platz tief in den brodelnden Töpfen der Teufel.

Auch viele Schwarze und Indianer kamen in die Hölle, weil sie dem weißen Gott nicht gehorchten. Später kamen auch die Muslime, Inder und Chinesen dazu; denn sie glaubten angeblich an furchtbare kriegerische Götter, vom blonden Gott mit den verträumten blauen Augen hielten sie nichts. Die Kommunisten aller Länder und die Sozialisten mancher Länder waren ohnehin Stammgäste der Hölle.

Die Teufel mußten mit der Zeit gehen. Es wurde kein Schwefel mehr verbrannt, zum Heizen nahm man erst Kohle, dann Erdöl. Das Erdöl wurde aber mit der Zeit knapp, und von Gott bekamen die Teufel keine Entwicklungshilfe. Da wandte sich Luzifer, der Chef aller Teufel, an die Physiker in der Hölle; denn viele von ihnen, die zu Lebzeiten gegen die Kernenergie waren, landeten auch in der Hölle. Sie brachten Luzifer auf die Idee, die Sonnenenergie zum Heizen zu verwenden. Sie überzeugten ihn aber auch, mit Energie nicht leichtfertig umzugehen, denn diese ständige Überheizung sei letzten Endes eine Verschwendung. Luzifer wurde nachdenklich; denn er sah mit eigenen Augen, wie schnell der Schwefel, die Kohle und das Erdöl zur Neige gingen, und den Verbrannten in der Hölle bereitete ein Grad mehr keinen zusätzlichen Schmerz.

»Sie lachen sich kaputt über meine schwitzenden Teufel«, dachte Luzifer und schlug mit der Hand gegen seine Stirn. Dann eilte er zu den Physikern, die im Topf 375, mitten im brodelnden Öl, Drähte zu Schaltungen verbanden, um ihre Zeit zu vertreiben.

»Nun gut«, rief Luzifer, »ich brauche eure Hilfe.« Die Physiker grinsten, standen auf, schüttelten sich wie Hunde, um das Öl von der Haut zu bekommen, und stiegen aus den Töpfen.

Nach einer Weile erlosch das Höllenfeuer. Die Höllenbewohner halfen den Teufeln, die Töpfe in einem großen Lager aufzustellen. »Die kann man als Warmwasserbehälter gebrauchen«, rief ein Ingenieur, als die Teufel daran dachten, sie einfach wegzuwerfen. Sonnenkollektoren wurden gebaut, und eine angenehme Wärme verbreitete sich in der Hölle, die nunmehr Platz genug bot, um bequem eingerichtet zu werden. Luzifer genoß seine erste warme Dusche und schaute danach zufrieden in den Batterieraum, in dem die Sonnenenergie gespeichert wurde. »Die Hölle ist unabhängig geworden«, rief er begeistert.

Die Tage wurden lustiger, Theater- und Musikgruppen, selbst Zeitungen wurden gegründet – alles unzensiert. Die Sänger, Maler und Schriftsteller nahmen kein Blatt vor den Mund; denn sie waren bereits in der Hölle, und tiefer konnten sie nicht fallen. Besonders gut aber hatten es die Kinder. Da viele Kindergärtnerinnen in der Hölle waren, gab es für je fünf Kinder eine Kindergärtnerin, und so spielten sie munter den ganzen Tag. Wenn ein Kind etwas angestellt hatte und die Mutter in ihrer Aufregung vergaß, daß sie nicht mehr auf der Erde lebte, und ihr Kind anschrie: »Der Teufel soll dich holen!« oder

»Geh zum Teufel!«, lachten alle vergnügt, und die Mutter errötete.

Nun, das geschah nicht ohne Gottes Wissen. Er weiß schließlich alles. Er dachte aber am Anfang: »Das legt sich schon.«

Viele Heilige im Himmel rochen nicht mehr den Gestank der Hölle, und mit der Zeit staunten sie über das lustige Freudengeschrei, das aus der Hölle drang. Aber sie hielten es für eine Versuchung und beteten laut, damit sie der Lärm nicht anfechte. Aber mancher Heilige sehnte sich nach lustiger Geselligkeit, zumal die Mehrheit von ihnen an öden Plätzen leben mußte, da die schönsten Orte des Himmels im Privatbesitz der Barone, Generäle und Päpste waren. Mancher begann die absolute Ruhe im Himmel furchtbar zu finden, und das Hosianna der herumfliegenden Engel ging ihm auf die Nerven.

Eines Nachmittages machten Gott, Petrus und der Engel Gabriel einen Spaziergang. Plötzlich sahen sie, wie ein schwarzer Heiliger auf dem Boden des Himmels lag, um dem Geschrei aus der Hölle besser lauschen zu können. Ein breites Grinsen breitete sich auf dem Gesicht des einzigen Vertreters aus Afrika aus. Petrus war entsetzt.

»Was machst du da, mein Sohn?« fragte er den Schwarzen, der sich langsam und furchtlos erhob.

»Lustig da unten, Mann!« sagte er grinsend.

»Hab Gnade mit seiner schwachen Seele, o Gott«, flüsterte Petrus seinem Erschaffer zu.

»Ja, hab Gnade«, sprach Gabriel mit gesenktem Kopf nach.

»Wieso Gnade, Mann! Ich sage dir, da unten ist die Musik ganz schön heiß, Baby!« rief der Schwarze.

Die Wangen des greisen Gottes schwollen an, bis sie wie reife Tomaten aussahen.

»Du bist verflucht für alle Zeiten«, rief er wütend.

»So ist es«, sprach Gabriel ehrfürchtig wieder seinem Meister nach.

Der schwarze Heilige aber lachte schallend, als er sah,

wie seine Flügel vergilbt abfielen, als seien sie zwei welke Blätter. Gabriel holte mit einem langen Stock den Heiligenschein herunter, der schief über dem Kopf des Schwarzen schwebte. Gott und Petrus waren restlos empört, als sie das Lachen des verfluchten Heiligen hörten, der langsam im Boden versank.

»Ich komme, Baby«, rief die Stimme des Schwarzen immer wieder, während er in die Hölle stürzte.

»Nun schau dir die Typen an«, sagte Gott zu Petrus, und dieser erschrak; denn auf der weiten Ebene des Himmels lagen viele auf dem Boden und lauschten den lasterhaften Gesängen der Hölle.

Gott rief daraufhin Luzifer zu sich und fragte ihn mit bebender Stimme: »Luzifer, was soll das?«

Luzifer antwortete: »Das alles ist durch die Selbstbestimmung entstanden. Ich kann wirklich nichts dafür.«

»Nichts! Daß ich nicht lache!« rief Gott empört.

Gabriel nickte. »So ist es«, flüsterte er.

Luzifer schaute Gabriel wütend an. Dieser Scheinheilige, dachte er und rief empört: »Ihr habt es hier leicht mit euren dummen Schafen, aber probiert es doch einen Monat da unten.« Er spuckte und fuhr fort: »Jedes Kind in der Hölle hat mehr Tricks auf dem Kasten als meine ausgekochten Teufel.«

»Ja, aber kannst du sie denn nicht bestrafen?« fragte Petrus verlegen.

»Ja, genau, bestrafen...«, wiederholte die Stimme Gabriels wie ein Echo.

»Womit denn, bitte schön? In die Hölle schicken vielleicht? Oder wollt ihr sie hier oben haben?« fuhr Luzifer den blassen Petrus an.

Gott verstand schnell, was Luzifer meinte. »Ein Himmel ohne Hölle«, sprach er zu sich, »das überzeugt nicht einmal einen Idioten.«

»So ist es«, jauchzte Gabriel begeistert.

»Geh zurück in deine Hölle«, sprach Gott, »aber laß deine Chemiker Stinkbomben um die Hölle herum schmeißen und laß deine Physiker Lautsprecher gen Himmel richten, die deutliches Schmerzensgeschrei ausstrahlen, so daß die umherfliegenden Engel immer wieder die Schreckensschreie der Hölle hören und den Gestank riechen und uns neue Kunden bringen. Ihr bekommt ja genug. – Sonst mache ich«, warnte Gott, »mit einer Bewegung meines kleinen Fingers die Hölle dem Erdboden gleich!«

Gabriel echote: »Ja, so ist es.«

Luzifer verabschiedete sich und ging zum Himmelstor. Gabriel sperrte ihm die Tür auf und fragte ihn leise und neidisch: »Bist du nun zufrieden?«

Luzifer versetzte Gabriel einen kräftigen Schlag in den Bauch, rief lachend: »Ja, so ist es!« und flog hinunter in die Hölle.

Und so stinkt es in der Umgebung der Hölle, und die versteckten Lautsprecher senden ununterbrochen die von Schauspielern perfekt nachgeahmten Hilferufe leidender Geschöpfe in den Himmel.

Die Heiligen fanden ihre Ruhe wieder. Viele freuten sich über ihren Widerstand gegen die Versuchung der letzten Monate, und Gott hörte zufrieden seine Spähengel, die um das Himmelreich herumflogen, wenn sie ihm und den anderen weinend und hustend vom schrecklichen Geruch der Hölle erzählten. Die Engel kamen immer wieder auf die Erde und erzählten den Pfaffen, wie schrecklich die Hölle sei, und die Pfaffen, wenn sie nicht gestorben sind, erzählen es unverzagt bis heute.

Der Bäcker und der Gauner

Vor langer Zeit lebte in Damaskus ein Bäcker namens Salem. Dieser Mann arbeitete Tag und Nacht und sparte jeden Piaster. Er trug immer ein altes geflicktes Gewand, kaufte nur schlechtes Gemüse und billiges fettes Fleisch. Seine einzige Freude war, am Ende eines jeden Monats sein schwer verdientes Geld in einen Beutel zu stecken und damit zum Goldschmied Elias zu gehen. Dort tauschte er seine Geldscheine gegen Goldmünzen ein. Salem hielt von Geldscheinen wenig. Für ihn galt nur das Gold, und davon sammelte er eine Menge im Laufe der Jahre.

Salem lebte mit seiner Frau in einem kleinen, verfallenen Haus. Dieses hatte neben der Bäckerei zwei Zimmer, eine kleine Küche und einen kleinen Hof, in dem uralte Orangenbäume wuchsen. Das große Zimmer schloß Salem immer ab, wenn er in die Bäckerei ging, denn das war sein Zimmer, und es beherbergte seinen Schatz. Er trug den Schlüssel an einem Lederband um seinen Hals, und wenn er von der Bäckerei nach Hause kam, wusch er sich, trank schnell einen Kaffee und ging in sein Zimmer. Er schloß die Tür hinter sich ab und öffnete den Kasten, in dem er seinen Schatz verbarg. Nicht einmal seine Frau durfte ihn sehen, denn er hatte Angst, sie würde sein Gold nehmen und an ihren nichtsnutzigen, verwöhnten Bruder verschenken. Salem zählte jeden Tag seine Goldmünzen, in der Hoffnung, daß irgendeine Münze schwanger werden und ihm eine kleine glitzernde Goldmünze gebären würde. Salem war Mitte Fünfzig, aber sah abgekämpft aus wie ein Siebzigjähriger. Er sammelte das Gold, als würde er ewig leben. Seine Frau dagegen wünschte ihm den baldigen Tod, wenn er sie beschimpfte, weil sie verschwenderisch gutes Öl zum Braten gebrauchte. Salem genoß es, sie immer wieder mit Spott über ihre arme Familie zu quälen.

»Und wenn du stirbst«, erwiderte seine Frau Jasmin

dann weinend, »werde ich dein Gold den Tänzern schenken, die ich sieben Tage und sieben Nächte über deinem Grab tanzen sehen will.«

Nicht nur seine Frau, auch die Nachbarn litten unter Salem wegen seines Geizes. Sie mochten auch seine andauernde schlechte Laune nicht. Salem aber backte das beste Brot des Viertels, und so kauften die Nachbarn bei ihm ein, ohne viele Worte mit ihm zu wechseln.

Nur wenn Salem die Goldmünzen vom Goldschmied Elias holte, war er gut gelaunt, hatte ein Lächeln im Gesicht, als wollte er sich damit den Weg nach Hause friedlich erkämpfen. Doch die Leute gaben nichts auf dieses Lächeln, denn schon am nächsten Tag war Salem wieder schlecht gelaunt.

Nur einer ließ Salem nicht in Ruhe, der Nachbar Ali. Der war immer guter Laune. Gut gekleidet stellte er in seinem blütenweißen Gewand einen Mann von Welt dar. Ali konnte es sich nicht verkneifen, zu sticheln, wenn er sein Brot bei Salem kaufte. »Du Geizhals, du sparst für die Katz!« rief Ali jeden Morgen. »Was hast du davon? Wann willst du das Leben genießen? Wenn deine Knochen erst unter der Erde vermodern, hast du nichts mehr von deinem Schatz!«

Salem antwortete selten auf Alis Sticheleien.

»Ich sage dir, es gab Völker, die ihre Toten so begruben, daß die leeren Hände der Toten aus der Erde ragten. Das besagt: ›Schaut her, die leeren Hände zeigen euch, daß kein Mensch den Reichtum mitnehmen kann.‹ Eine Weisheit.«

Salem aber hielt von den Weisheiten des Gauners Ali nichts, denn dieser ging keiner ordentlichen Arbeit nach. Er lief hinter den Touristen her, um ihnen Schlüssel, Vasen und alte Flaschen anzudrehen, so als wären es echte Antiquitäten. Dabei waren es ganz gewöhnliche Dinge, die er mit Säure behandelt und ein paar Wochen in der feuchten Erde seines Gartens vergraben hatte. So verdiente er sich jeden Tag etwas Geld, das er jedoch gleich wieder großzügig ausgab. Er sah so vornehm aus, daß die Touristen schnell Vertrauen zu ihm gewannen.

Ab und zu rang Salem sich zu einer Antwort auf die Sticheleien Alis durch:

»Das ist Diebstahl, was du da machst!«

Doch Ali lachte nur. »Diebstahl! Die Franzosen plündern unser Land aus, und ich hole nur ein paar Krümel zurück. Wer ist da wohl der Dieb?«

Salem schwieg verärgert, weil er sich dem Mundwerk Alis nicht gewachsen fühlte.

Dies geschah zu einer Zeit, als die Franzosen in Paris über Aufklärung und Freiheit debattierten und viele Länder der Erde besetzt hielten.

Eines Tages betrat ein junger Franzose die Bäckerei. Er war blond, einfach gekleidet mit einer alten Hose, Sandalen und einem hellblauen Hemd, das sein sonnengebräuntes Gesicht noch dunkler erscheinen ließ.

»Salam aleikum«, grüßte er auf arabisch.

Salem erwiderte den Gruß freundlich, denn er hatte großen Respekt vor den Franzosen.

»Ein schöner Tag, nicht wahr?« fragte der Franzose in perfektem Arabisch.

Salem war verdutzt. »Ja..., es ist... schön«, stotterte er, und da in diesen heißen Stunden des Tages kaum Kunden in die Bäckerei kamen, fragte Salem aus Höflichkeit, warum denn der Franzose so gut Arabisch sprechen könne und wohin er denn weiterfahren wolle. Der Franzose, der einen alten Reisekoffer bei sich trug, erzählte ihm, daß er aus einer reichen Familie stamme, die in der Nähe von Paris ein Schloß besitze. Er spreche zehn Sprachen und gehe jetzt nach Jerusalem, um für seine Sünden zu büßen.

»Was für Sünden?« fragte Salem, als nähme er Anteil am Schicksal des Fremden.

»Oh, das ist eine lange Geschichte. Eines Tages, während ich spazierenging, sah ich ein Kind in einen Fluß stürzen. Ich sprang von der hohen Brücke in den reißenden Fluß, kämpfte gegen die Strömung und konnte das Kind im letzten Augenblick retten.«

Salem fand die Geschichte langweilig und übertrieben. »Na wunderbar, dann hast du ja eine große Tat begangen.« Er drehte sich um und ordnete die Brotlaibe im Regal, um Geschäftigkeit vorzutäuschen.

»Ja, eine große Tat, denn als ich das Kind ans Ufer gezogen hatte, strahlte sein Gesicht so hell, daß ich mich geblendet abwenden mußte. Das Kind flüsterte: ›Weißt du, wen du gerettet hast?‹ Ich wußte es natürlich nicht. Da sagte es: ›Du hast Jesus gerettet. Du hast dein Leben riskiert, und ich werde dich belohnen.‹«

Salem zuckte mit seinen Schultern und ordnete die Brote bereits zum zweiten Mal. »Dann ist ja alles wunderbar«, brummte er und wünschte, daß die Geschichte endlich ein Ende habe.

»›Von diesem Tag an werden deine Hände das Gold vermehren, wie die Erde die Weizenkörner‹, verhieß mir das Kind und flog hinauf in den Himmel«, fügte der Franzose mit gedämpfter Stimme hinzu.

Salem traute seinen Ohren nicht. Blitzschnell drehte er sich zu seinem Kunden um. »Was hast du da gesagt? Gold vermehren? Vielleicht hast du nur geträumt?«

»Ja, das dachte ich anfangs auch. Ich rieb mir die Augen und stellte fest, daß ich wach war. Meine nassen Kleider klebten an meinem Leib, und auch die Vorübergehenden sahen das Kind, das in den Himmel aufstieg. Alle knieten nieder und beugten ehrfurchtsvoll ihr Haupt. Aber als ich das alles später meinem Vater erzählte, lachte er mich aus. Er gab mir trotzdem zehn Goldmünzen. Ich verzog mich in mein Zimmer, betete das Kind an, und es erschien mir tatsächlich. Es warnte mich vor der Gier meines Vaters, aber ich drängte es, meinen Wunsch zu erfüllen, und siehe da, aus den zehn Münzen wurden dreißig. Zunächst fiel mein Vater in Ohnmacht, doch dann wollte er immer mehr. Er quälte mich, erneut zum Kind zu beten. Doch da sprach das Kind: ›Du darfst mich nur zweimal im Monat rufen.‹ Mein Vater aber wurde immer gieriger. Das Gold verwandelte ihn von einem liebenden Vater in ein wildes Tier.«

Salem hatte mit offenem Mund der Erzählung des Franzosen gelauscht und drängte ihn fortzufahren.

»Ich weiß nicht, warum ich dir das alles erzähle. Es ist eine zu grausame Geschichte.« Traurig schüttelte der Franzose den Kopf.

»Oh, bitte! Erzähle doch weiter! Ich möchte auch das Ende der Geschichte hören. Willst du einen Kaffee? Es ist so Sitte bei uns Arabern.«

»Ich will dich doch nicht mit meinem Schicksal belästigen.«

»Jasmin! Jasmin!« rief Salem seine Frau und schaute auf die hintere Tür der Bäckerei, die zum kleinen Hof des Hauses führte.

»Was willst du denn?« hörte er seine Frau aus dem Hausinneren keifen.

»Mach sofort einen Kaffee und bringe ihn unserem Gast!« Salem bot dem Fremden einen kleinen Hocker an.

Seine dicke Frau schaute zur Tür herein. »Einen Gast?« Erstaunt blickte sie auf den Franzosen, der sie höflich anlächelte.

»Ja doch, mach schon!« scheuchte Salem Jasmin in den Hof zurück.

»Meine Familie brach auseinander«, setzte der Franzose seine Geschichte fort. »Ich zog herum und wußte nicht, ob das göttliche Kindlein mich mit einem Fluch oder einer Gabe des Himmels bedacht hatte. Ich betete Tag und Nacht. Es erschien mir wieder und sagte mir, ich solle mich vorsehen und nur gutherzigen Menschen das Gold vermehren. Aber es half mir alles nichts. Selbst wenn ich für die besten Zwecke das Gold anhäufte, richtete ich Unheil bei den Leuten an, denen ich eigentlich helfen wollte.«

»Das verstehe ich nicht!« unterbrach Salem, gab einem wartenden Kunden einen Laib Brot, warf das Geld in die Schublade und kratzte sich am Kopf.

»Sobald ich Mitleid mit jemandem hatte und seine Goldmünzen verdreifachte, wurde er ein anderer Mensch. Das Gold verdarb seine Tugenden. Das hat mich so geschmerzt, daß ich ganze Nächte hindurch weinen mußte. Endlich begab ich mich in ein Kloster. Ich wünschte, weit entfernt von jeder Sünde zu leben. Aber auch dort lebte ich nicht ungestört. Aus Mitleid mit den armen, hungernden Klosterbrüdern habe ich erneut das Kind um Hilfe gebeten. Und was geschah? Das fromme, einfache Klosterleben verwandelte sich in einen Sündenpfuhl. Das war vor fünf Jahren, und seitdem irre ich durch die ganze Welt, von China bis Marokko und von Indien bis Namibia.«

Salem wußte nicht, wo Namibia liegt, aber er pfiff bewundernd durch die Zähne.

Draußen ging Ali, der Gauner, an der Bäckerei vorbei. Als er durch das Fenster den Franzosen erblickte, machte er jedoch kehrt und trat ein. »Bon jourr, Musio«, sagte er galant in seinem gebrochenen Französisch.

»Guten Tag«, antwortete der blonde Franzose höflich.

Ali verbeugte sich vor ihm und holte einen großen blauschimmernden Schlüssel aus seiner Tasche. »Ich habe hier eine Rarität für Sie. Einen Schlüssel vom Sultan Murat dem Ersten.«

»Hau bloß ab!« wurde Salem böse. »Der Herr will weder den Schlüssel von Murat noch die Flasche von Kleopatra.«

»Entschuldige, Bruder«, wandte sich der blonde Mann an Ali und lächelte sanft, »mich interessieren solche Dinge nicht, denn ich suche den Schlüssel zur Wahrheit, und den kann man nicht kaufen.«

Ali schüttelte den Kopf. »Die Touristen werden immer dämlicher«, brummelte er, als er die Bäckerei verließ.

»Ein übler Gauner ist das!« schimpfte Salem hinter ihm her. Der Franzose schüttelte lächelnd den Kopf.

»Wo waren wir stehengeblieben?« fragte Salem, nachdem seine Frau ein Mokkakännchen und zwei Tassen auf einem Tablett hereingetragen hatte und ins Haus zurückgekehrt war.

»Ich habe viel gelernt auf meinen Reisen, und nun will ich nach Jerusalem gehen. Dort will ich mein Leben verbringen, denn ich weiß, in der heiligen Stadt des Herrn kann mir nichts passieren.« Der Franzose nahm die Tasse und genoß den starken, nach Kardamom duftenden Mokka.

»Ist das Gold echt, das du mit Hilfe des Kindes vermehrst?« Diese Frage brannte Salem schon lange auf der Zunge.

»Sicher. Doch das ist unwichtig. Ich will es vergessen und die letzten Jahre meines Lebens als Diener der heiligen Sache widmen.« Der Franzose trank in kleinen Schlucken seinen Kaffee.

»Und kann man das Gold von normalem Gold unterscheiden? Wieviel Karat hat es?«

»Genau wie alle guten Münzen, 24 Karat. Aber nun, Bruder, habe ich dich schon zu lange aufgehalten. Ich muß in die Kirche zur Abendmesse. Ich möchte auch noch zur Beichte gehen, um diese Sündenstadt mit reiner Seele zu verlassen. Man erzählt, daß Aufständische und Straßenräuber die Pilger auf ihrem Weg nach Jerusalem überfallen. Vielleicht ist es übertrieben, aber wenn es mir passiert, möchte ich mit reinem Gewissen meinem Schöpfer vor Augen treten. Morgen verlasse ich Damaskus.«

Salem, der das Gerede von der reinen Seele nicht verstand, versuchte, den Franzosen zum Verweilen zu überreden. »Bleib doch zum Abendessen.« Er faßte ihn am Jakkenärmel, als wollte er ihn festhalten.

»Du bist zu gütig, Bruder. Ich habe deine Güte sofort erkannt, aber ich muß nun aufbrechen. Hab vielen Dank für deine Gastfreundschaft.« Er drückte Salem fest die Hand. »Salam aleikum.«

»Aber versprich mir, daß du morgen noch kurz bei mir einkehrst, bevor du nach Jerusalem fährst«, flehte der Bäkker.

»Ich verspreche es dir.« Der Franzose machte sich auf den Weg zur Kirche.

Am späten Nachmittag schloß Salem die Bäckerei und verschloß sich in seinem Zimmer. Er zog den Kasten mit den Goldmünzen unter seinem Bett hervor, ging auf Zehenspitzen zum Fenster, schob den Vorhang etwas zur Seite und schaute, ob seine Frau ihm nachspionierte. Aber Jasmin war in der Küche und spülte Geschirr. Salem lächelte zufrieden und kehrte zu seinem Kasten zurück. Er setzte sich auf den Boden, schloß mit einem Schlüssel den Kasten auf, kippte die Goldmünzen auf ein Tuch und zählte sie. Es dauerte lange, bis er von seinen dreitausendfünfhundert Münzen gleich hohe Türmchen von je zehn Münzen gebaut hatte. »Wenn er jede Münze verdreifachen kann, dann sind es zehntausendfünfhundert, und das mal drei wären einunddreißigtausendfünfhundert... Dann noch mal und noch einmal... Eine Viertelmillion. Aber was rechne ich da!« Salem schloß den Kasten. »Vielleicht ist er nur ein armer Irrer.« Seine Frau rief ihn zum Essen. Er schob den Kasten wieder unter das Bett und eilte hinaus.

Salem wechselte an diesem Abend kaum ein Wort mit seiner Frau, die immer wieder auf den Franzosen zu sprechen kam.

»Das ist Männersache! Was versteht ihr Frauen schon davon.«

»Aber wenn er ein Betrüger ist!« meinte Jasmin besorgt.

Salem stand auf, um in sein Zimmer zu gehen. »Du glaubst wohl, ich sei dumm. Du wirst noch sehen, wer Salem ist!«

Die Nacht legte ihre schwere, feuchte Luft über Damaskus, und Salem empfand in dieser Nacht die Luft noch drückender. Unruhig wälzte er sich im Bett herum, richtete sich auf, rauchte eine Zigarette nach der anderen und ging in seinem Zimmer auf und ab. Dann versuchte er wieder zu schlafen, doch vergeblich. Gegen vier Uhr stand seine Frau auf und kochte für ihn einen starken Kaffee, wie ihn Salem jeden Morgen trank.

Wie staunte sie, als ihr Mann sofort die Tür aufsperrte und ihr dicker Zigarettendunst entgegenschlug.

»Du bist ja schon wach!« Sie reichte ihm den Kaffee. Salem nahm ihr das kleine Tablett ab, und Jasmin zog sich gähnend in ihr Zimmer zurück.

An diesem Morgen erschien Salem den Kunden besonders gereizt. Selbst Ali erstarben seine gewöhnlichen Späße auf den Lippen beim Anblick des mürrischen Mannes, der mit routinierten Bewegungen das Brot wog, Wechselgeld zurückgab und sich wieder in seine Gedanken vertiefte. Auch mit dem Gesellen hinter dem Ofen, der immer wieder mit Holzbündeln das Feuer speiste, den Teig hineinschob und das dampfende Brot herausnahm, redete er kein Wort.

Plötzlich erschien der Franzose. Er trug wieder seinen Reisekoffer, der ziemlich schwer zu sein schien. »Salam aleikum!« grüßte er und stellte seinen Koffer ab.

Ein Lächeln breitete sich auf dem mehlbestäubten Gesicht Salems aus.

»Ich kam, um mich von dir zu verabschieden.«

Salem erschrak, und bevor der Franzose wußte, wie ihm geschah, packte Salem ihn an der Hand und zog ihn durch die seitliche Tür der Bäckerei, die zum Hof des Hauses führte.

»Jasmin! Jasmin! Geh an die Kasse! Ich muß mich mit meinem Freund unterhalten.«

Jasmin, die gerade Kartoffeln schälte, legte das Messer zur Seite, streifte ihre Hände an der Schürze ab und ging an dem verlegenen Franzosen vorbei in die Bäckerei.

»Nun, mein Freund«, eröffnete Salem das Gespräch und reichte dem Franzosen einen kleinen Hocker. »Du weißt, wie hart die Arbeit in der Bäckerei ist.« Salem zog eine Schachtel Zigaretten aus seiner großen Tasche, bot dem Fremden eine an, nahm sich selbst eine und entzündete ein Streichholz. »Ich wollte dich um einen Gefallen bitten.

Könntest du nicht noch einige Tage bei uns verbringen, und wenn es dir nicht zu viel Mühe bereitet, für mich ein paar Münzen machen.«

Der Franzose zog schweigsam an seiner Zigarette, schaute auf den Boden und hustete.

»Ich meine... nicht viele... nur so ein paar, und ich werde dir mein ganzes Leben lang dankbar sein.« Gespannte Stille herrschte. Dann lächelte der Franzose.

Salem war erleichtert. »Ich wußte, daß du ein gutes Herz hast und daß wir schnell Freunde werden.« Bevor der Franzose noch ein Wort sagen konnte, stand Salem auf. »Ich hole die wenigen Münzen, die ich habe«, fügte er hinzu und eilte in sein Zimmer, verschloß die Tür und holte mit zitternden Händen zwei Goldmünzen aus der Kiste. Er eilte zurück in den Hof, wo der Franzose mit gesenktem Kopf im Schatten des alten Orangenbaumes saß.

»Hier ist mein ganzer Reichtum«, flüsterte Salem und übergab dem Franzosen die zwei Goldmünzen.

Mit leiser, bedächtiger Stimme sprach der Franzose: »Ich benötige nur ein kleines Zimmer, wo ich in aller Ruhe die Münzen vermehren kann.«

»Jawohl, ich habe ein sehr, sehr ruhiges Zimmer.« Salem zeigte auf das kleine Zimmer neben der Küche. »Dort stört dich niemand.« Er zwang sich zu einem Lächeln.

»Du bleibst vor der Tür stehen und läßt niemanden zu mir herein!« befahl der Franzose und verschwand in dem kleinen Zimmer.

Salem setzte sich auf einen Hocker vor die Zimmertür. »Was mache ich nur, wenn er herauskommt und sagt, das Jesuskind hätte die Münzen geborgt?« Er dachte an ein altes arabisches Sprichwort: »Was sich vermehrt, muß auch einmal sterben.« Ein kalter Schauder kroch über seinen Rücken. »Ich werde ihn so lange schlagen, bis er die Münzen wieder ausspuckt.« Er grinste und zog eine seiner billigen Zigaretten aus der zusammengequetschten Packung. »Wenn es aber klappt, wie bekomme ich dann diesen Trottel dazu, meine restlichen Münzen zu vermehren?«

Während Salem noch grübelte, hörte er plötzlich hinter der Tür ein gequältes Stöhnen und Geflüster. Jemand sprach flehend, ein anderer barsch und befehlend. Salem verstand kein Wort. Angenehmer Weihrauchgeruch entströmte dem Zimmer. Salem zerdrückte seine Zigarette und näherte sich leise der Tür. Er schaute durch das Schlüsselloch und erblickte wilde Gestalten, die im Rauch tanzten.

»Es fehlt noch, daß er mir das Haus anzündet.« Salem hatte sich wieder auf dem Hocker niedergelassen und hörte plötzlich den Franzosen mit ehrfurchtsvoller, klarer Stimme rufen: »Ich danke dir für diese Gabe, oh Herr, denn dieser einfache Bäcker glaubt an dich.«

Salems Augen weiteten sich, und sein Herz schlug schneller. Langsam öffnete der Fremde die Tür und betrat müden Schrittes den Hof. Salem versuchte, mit seinen Blicken die Rauchschwaden zu durchdringen, dann schaute er auf den schweißgebadeten Franzosen, der sich schweigend auf den Boden niedergelassen hatte.

»Nun, wo sind die Münzen?« fragte der Bäcker mit heiserer Stimme.

Der Franzose hob zitternd seine Hand. »Dort, wo der Herr sie zurückgelassen hat.« Erschöpft stützte er seinen Kopf in beide Hände.

Salem stürzte ins Zimmer und erschrak freudig, denn trotz der Dunkelheit und des Weihrauchs sah er sechs Goldmünzen in Form eines Kreises auf dem alten Teppich liegen. Hastig sammelte er die Goldstücke ein und trat ins Freie. Er strahlte, als sie im glänzenden Licht der Sonne funkelten. Er drehte sie in den Fingern und warf dann eine Münze nach der anderen auf den Boden und lauschte dem Klang. »Das ist Gold. Ein wahres Wunder!« Salem fiel dem Franzosen um den Hals. »Du bist ein wirklicher Freund.«

Der Franzose schwieg.

»Das müssen wir feiern!« Ausgelassen schlug der Bäkker dem Franzosen auf die Schulter, der erschrocken zurückwich: »Ich muß jetzt weiterziehen«, wandte er ein.

»Nein, du fährst nicht, zumindest bis morgen früh bleibst du bei mir. Ich richte dir Proviant, und dann kannst du fahren.«

Der Franzose machte ein unglückliches Gesicht. Doch dann lächelte er und fügte sich in sein Schicksal.

Salem eilte in die Bäckerei. »Laß ihn nicht aus den Augen, bis ich zurückkomme. Ich laufe schnell zu Elias.« Jasmin schüttelte den Kopf und schaute über Salems Schulter hinaus auf den Hof, wo der Fremde sich gerade unter dem Orangenbaum auf eine Matratze legte.

»Und was soll ich machen, wenn er abhaut?«

»Dann fängst du zu schreien an, er habe dir deinen Schmuck gestohlen«, antwortete ihr Mann, und obwohl Jasmin noch nie Schmuck besessen hatte, nickte sie. Salem nahm seine Jacke vom Haken und eilte hinaus.

Die alte Goldschmiedestraße von Damaskus lag nicht weit entfernt von Salems Bäckerei. Hunderte von kleinen Läden umsäumten den engen Platz vor der Omaijaden-Moschee. Von diesem Platz aus führten mehrere Gassen in eine Art Labyrinth, so daß ein Kunde, einmal hineingeraten, länger als er beabsichtigt hatte, vor den kleinen Schaufenstern verweilen mußte.

Elias war ein angesehener Goldschmied, sein Geschäft lag direkt am Platz. Sein Schaufenster war mit Ringen, Halsketten, Broschen und Goldmünzen überfüllt, die er fein säuberlich aufgereiht hatte und durch Glühbirnen zum Glitzern brachte.

Als Salem Elias' Geschäft erreichte, saß dieser hinter seiner Theke und zählte seine Geldscheine. Er blickte erstaunt auf. »Was führt dich in dieser Hitze zu mir?«

»Ich wollte von dir prüfen lassen, ob diese Goldmünzen echt sind.« Salem legte die sechs Goldmünzen auf die Theke.

Elias nahm die Münzen, betrachtete sie kritisch und wendete sie mehrmals in seinen Händen. »Ich glaube, die sind echt. Aber warum fragst du?«

»Bist du sicher?«

»Warte einen Moment.« Elias nahm eine Münze und ging damit in seine Werkstatt, die durch einen kleinen Vorhang vom Laden getrennt war. Nach einer Weile kam er zurück. »Mein Freund«, rief Elias, »sie sind echt.«

Salem atmete erleichtert auf. »Nun, dann will ich sie verkaufen.«

Elias war erstaunt, aber bevor er Salem nach dem Grund fragen konnte, gab ihm dieser bereits eine Erklärung.

»Weißt du, ich habe nun genug Gold, und ich möchte umsteigen auf andere Werte. Häuser und Boden bringen mehr Gewinn und schwanken weniger im Wert als Gold. Wie steht der Kurs eigentlich heute?«

»Hundert Lira für die Münze, wie immer.«

»Dann gib mir die sechshundert Lira und richte deine ganzen Scheine her, denn morgen komme ich mit einer großen Ladung Münzen«, sprach der Bäcker. Elias nickte und zählte lächelnd aus seinem großen Beutel sechs Scheine auf den Tisch.

Salem verabschiedete sich, und Elias rieb sich die Hände. Er hatte ein gutes Geschäft gemacht, denn Salem hatte keine Ahnung vom gewaltigen Anstieg des Goldpreises in den letzten Wochen. Er hätte viel mehr für seine Münzen verlangen können.

Der Gemüsehändler, der Metzger und der Weinhändler wunderten sich, denn sie kannten den geizigen Salem bereits seit dreißig Jahren, und hatten es noch nie erlebt, daß er so reichlich einkaufte wie heute. Sie trieben ihre Laufburschen an, damit diese schnell die vielen Körbe in Salems Haus trugen. Salem dagegen schlenderte vergnügt nach Hause. Er schaute auf die Jungen, die unter der Last der Körbe stöhnten, und war zufrieden, denn das ganze hatte ihn nur fünfzig Lira gekostet.

In einiger Entfernung erblickte er Ali, der bemüht war, einer alten Touristin eine vergammelte kupferne Schüssel anzudrehen. Ein breites Lächeln überzog Salems Gesicht. »Jetzt werde ich ihm alles heimzahlen, was er mir in den letzten Jahren angetan hat.« Er rief den Jungen zu, sie sollten anhalten. Die drei Laufburschen blieben stehen und stellten die schweren Körbe ab.

»Siehst du nun, du Gauner, was ehrliche Arbeit einbringt? Schau dir nur diese vollen Körbe an. Die sind für die heutige Feier bestimmt, und ab jetzt werden jeden Tag drei solcher Körbe in mein Haus gebracht.«

Ali drehte sich erschrocken um, schaute Salem an und erblickte die drei Körbe. »Jetzt ist keine Zeit zum Spaßen. Du siehst doch, ich habe Kundschaft«, flüsterte er zornig und wandte sich mit verlegenem Lächeln wieder an die Touristin.

»Gnä' Frau, diese Schüssel Alexander der Große gebrauchen. Schönes Gesicht von Alexander hier, waschi, waschi«, sagte er und schöpfte mit der Hand das unsichtbare Wasser aus der Schüssel.

Salem lachte schallend. »Alexander der Große? Der hat sich doch überhaupt nicht gewaschen, und wenn, dann nicht aus solch einer Schüssel, die du überall für zwei Lira bekommst.«

Ali erblaßte vor Wut und fauchte den lachenden Salem an: »Verschwinde, du Hurensohn!« Und wieder an die Touristin gewandt: »Gnä' Frau, Sie kommen Haus bei mir. Ich viele, viele Sachen. Alles extra prima antik. Ich auch haben Kreuzstück Jesus.« Die Touristin erbleichte, denn sie dachte an die vielen Geschichten, die sie vor ihrer Reise nach Damaskus zu Hause gelesen hatte. »Nein, nix Hause«, rief sie entsetzt, »ich nix dein Harem. Schüssel nur zwei Lira, nix dreihundert.« In panischer Angst eilte sie die Straße hinunter.

Ali folgte ihr mit den Blicken. Er fühlte sich gedemütigt und hätte Salem am liebsten geohrfeigt. Aber als er sich umdrehte, war dieser bereits verschwunden.

»Kümmere dich nun um das Essen«, forderte Salem Jasmin auf, als er die Bäckerei betrat und bereits von der Kasse aus den Franzosen im Schatten des Orangenbaumes schlafen sah.

Salem überraschte Kunden wie auch Mitarbeiter durch

seine plötzliche Redseligkeit und Großzügigkeit. Selbst sein Geselle freute sich, denn zum ersten Mal seit Jahren wurde er zwei Stunden früher nach Hause geschickt.

Salem schloß die Bäckerei und trat in den Hof hinaus zu dem Fremden, der inzwischen aufgewacht war und einen Kaffee trank. »Nun sind wir Freunde geworden, und ich möchte dich um einen Gefallen bitten. Bevor du uns verläßt, mußt du mir eine Wohltat ermöglichen.« Salem hielt inne.

Der Franzose lächelte gütig. »Was für eine Wohltat?«

»Ich wollte schon immer zusammen mit guten Freunden ein Waisenhaus errichten lassen, in dem all die Kinder aufgenommen werden, die auf der Straße zu Dieben und Messerstechern werden. Ein großes Haus also mit Werkstätten, einer Schule und einer Kirche.«

»Eine gute Tat!« Der Franzose nahm die ihm angebotene Zigarette.

»Das kostet aber einen Haufen Geld. Und ich dachte mir, ich gehe zu meinen Freunden und bitte sie um Spenden. Ich bitte dich, das Gold zu vermehren, damit ich mein Lebenswerk vollenden kann. Denn, weißt du, ich selbst habe keine Kinder, und diese Waisenkinder brechen mir das Herz«, heuchelte Salem.

Der Franzose klopfte ihm auf die Schulter: »Du bist der edelste Mensch, den ich je traf.«

Nach einer Weile trug Jasmin das Essen auf: Schnitzel mit Mandeln und Reis, gefüllte Hähnchen und unzählige Salate. Salem lief das Wasser im Mund zusammen, aber er folgte der Bitte des Franzosen, vor dem Essen zu beten, obwohl er das seit zwanzig Jahren nicht mehr getan hatte. Nach dem Essen kochte Jasmin, wie bei den Arabern üblich, einen starken Mokka mit Kardamom, den der Franzose schweigend aus einer kleinen Tasse schlürfte. Plötzlich stand er auf.

»Wohin?« fragte Salem.

»In die Kirche, ich muß das Abendgebet sprechen.«

»Gut, ich gehe inzwischen zu meinen Freunden und

sammle das Gold ein. Aber warum nimmst du deinen schweren Koffer mit?«

»Ich trenne mich nie von meinem Koffer«, antwortete der Franzose. Er strich mit der Hand über den Griff und fügte hinzu: »In ihm sind einfache Steine, die ich auf meinen Reisen gesammelt habe. Wunder der Natur. In ihrer einfachen Schönheit übertreffen sie alles Gold dieser Welt.«

»Du hast recht.« Salem lächelte.

Als der Franzose das Haus verlassen hatte, flüsterte Salem: »Ein verrückter Heiliger!« Er stand auf und eilte in sein Zimmer. Bereits nach kurzer Zeit kehrte er mit der kleinen Kiste zurück. Seine Frau kam gerade aus der Küche, wohin sie das Geschirr getragen hatte.

»Und was ist, wenn er das Gold klaut?« fragte sie besorgt.

»Ach was! Er macht sich nichts aus Gold. Hast du das nicht gehört? Er sammelt Steine, die wahren Wunder der Natur.« Salem verschluckte sich fast vor Lachen. »Mach dir nur keine Sorgen. Er wird mein Haus nicht lebend verlassen, bevor ich das Gold nicht in meinen Händen halte. Aber bereite auf jeden Fall reichlich Proviant. Wir wollen nicht kleinlich sein, vielleicht kommt er mal wieder vorbei, wenn ihm Jerusalem auf die Nerven fällt. Sobald ich das Gold zu Elias bringe, läßt du ihn laufen! Hast du verstanden? Sollte er fragen, wann ich nach Hause käme, sagst du, daß ich viel zu tun hätte und erst spät in der Nacht wieder zurückkehre.«

Jasmin hatte verstanden. Salem schaute auf die Kiste und träumte von seinen zukünftigen Reichtümern. »Bevor ich nicht das ganze Geld in Händen halte, mache ich kein Auge zu«, sprach er verzückt. »Ich werde Häuser kaufen und diese verdammte Bäckerei für immer verlassen, sie hat mich kaputt gemacht. Von heute an werde ich meinen Wohlstand genießen.«

Erst spät am Abend kam der Franzose zurück. Sein Koffer schien schwerer denn je.

»Ich habe inzwischen eintausendfünfhundert Goldstücke besorgt.«

Die Augen des Franzosen weiteten sich vor Staunen. »So viel haben die Leute dir anvertraut?«

»Ja, es sind gute Freunde von mir, und einem guten Freund vertraut man blind«, antwortete der Bäcker, obwohl er selbst bisher niemandem vertraut hatte.

Der Fremde nickte. »Dann laßt uns zur Tat schreiten.« Er blickte Salem durchdringend in die Augen. »Aber laß keinen in das Zimmer. Sonst geschieht eine Katastrophe. Man sagt doch auf Arabisch Katastrophe, wenn etwas sehr Schlimmes passiert, wenn zum Beispiel das Gold verschwindet oder ich blind werde?«

»Ja, ja doch, große Katastrophe.« Salem lächelte zerstreut und spürte wieder den kalten Schauder über seinen Rücken laufen.

Der Franzose zog sich in das kleine Zimmer zurück. Nach kurzer Zeit öffnete er die Tür einen Spalt, streckte seinen Kopf heraus und rief Salem leise zu: »Die Münzen, bringe bitte die Münzen.«

Salem übergab dem Franzosen die kleine Kiste.

»Macht er kein Licht?« fragte Jasmin und schaute gebannt auf das dunkle Fenster des kleinen Zimmers. Auch Salem konnte seinen Blick nicht vom Fenster abwenden. Sein Herz pochte laut. »Mach mir eine große Kanne Kaffee und hole mir das Klappmesser aus meiner Jacke.« Seine Kehle erschien ihm ausgedörrt.

Jasmin eilte in das große Zimmer, brachte ihm das Klappmesser und ging danach in die Küche.

Salem wog das Messer eine Weile in seiner Hand, dann verbarg er es in seiner Tasche. Leise hörte er hinter der Tür den Franzosen beten.

»O Herr, komm und hilf mir, deine Waisenkinder auf den richtigen Weg zu lenken. O Herr, komm und hilf.«

Immer wieder hörte Salem diese Sätze, den starren Blick auf das dunkle Fenster gerichtet. Sehen konnte er nichts, denn der dicke Vorhang war undurchdringlich.

Aus dem Zimmer drang Geflüster. Salem hörte einige Worte heraus, verstand aber nicht ihren Sinn.

»Verstehst du, was er sagt?« wollte seine Frau wissen, als sie den Kaffee brachte. Salem verneinte. Plötzlich blitzte es hinter dem Vorhang auf. Eine grelle Lichtkugel bewegte sich von der niedrigen Decke hinunter auf den Boden und schien irgendwo im Zimmer hängen zu bleiben. Salem und seine Frau erstarrten. Aber dann erholte er sich von seinem Schreck und näherte sich leise dem Schlüsselloch. Der Franzose kniete auf dem Boden und starrte in das Licht, dessen Quelle vom Schlüsselloch aus nicht auszumachen war. Der Fremde verkrampfte sich, zitterte und sprach eindringlich in die Richtung, aus der das grelle Licht strahlte.

Salem verstand wieder den Sinn nicht, obwohl er die Stimme vernahm. Dann entströmte Rauch und umfing den Franzosen, der seinen Oberkörper wie eine Schlange hin und her wand, sich aufrichtete und rhythmisch bewegte. Salem konnte nur noch die Beine erkennen. Nach einer Weile verschwanden sie aus seinem Blickfeld, und Salem sah nur noch den Rauch, der sich mal rot und mal weiß färbte. Er trat vom Schlüsselloch zurück und setzte sich neben seine Frau. Von ihrem Platz aus konnten sie den Schatten des tanzenden Franzosen sehen. Plötzlich durchschnitt ein Schrei die Stille. Der wild zuckende Schatten erstarrte hinter dem Vorhang. Zwei Stimmen redeten aufeinander ein, die eine tief und bedrohlich, die andere leise und untertänig bittend.

Salem zwirbelte aufgeregt seinen Schnurrbart und achtete nicht auf seine Frau, die befürchtete, die Nachbarn könnten etwas hören. »Sie werden wie die Hyänen über uns herfallen.«

Inzwischen war die leise Stimme lauter geworden, und die tiefe Stimme hatte ihren bedrohlichen Klang verloren. Auf dem Vorhang zeichneten sich plötzlich wieder wild tanzende Schatten ab, bevor eine gespenstische Stille eintrat. Salem schlürfte leise seinen Kaffee und zündete sich die nächste Zigarette an. Das Licht wanderte vom Boden über die Kante des Fensters hinauf an die Decke. Es verlosch. Starker Weihrauchduft hatte sich ausgebreitet.

»Danke, o Herr, danke. Ich wußte, daß du mich nicht im Stich läßt.« Salem lächelte. Und in der erneut eingetretenen Stille vernahm er das Klirren von Münzen, die zu Hunderten von der Decke herabzuregnen schienen.

Langsam öffnete sich die Tür. »Es ist vollbracht«, sprach der Fremde erschöpft, »kann ich ein Glas Wasser haben?«

»Schnell, bringe ihm das Wasser«, rief Salem und stürzte ins Zimmer.

»O Gott!« rief er laut, als er die Goldmünzen sah, die mitten auf dem Teppich einen großen Kreis bildeten. Er streckte beide Hände nach ihnen aus. »Goldmünzen... so viele Goldmünzen... Ich bin reich, reich!« Erschreckt hielt er inne, denn ihm fiel plötzlich ein, daß der Franzose alles mithörte. Er schaufelte gierig das viele Gold in die Kiste, merkte aber bald, daß die Kiste viel zu klein für die Münzen war. »Hol schnell einen großen Beutel«, fauchte er seine Frau an, die gebannt an der Türschwelle verharrte.

Jasmin eilte in die Küche und holte einen alten Stoffbeutel. Während Salem eifrig die Münzen in den Sack schaufelte, merkte er nicht, daß zwei der Goldstücke weggerollt waren. Seine Frau, die hinter ihm stand, ergriff sie geschickt und versteckte sie blitzschnell in ihrem Ausschnitt. Salem schaufelte und schaufelte.

»Mein Gott, er ist fast voll! So viel Gold habe ich mein ganzes Leben noch nicht gesehen.«

»Jetzt mußt du dich aber um den Fremden kümmern«, flüsterte seine Frau. Beide verließen das kleine Zimmer. Salem verschloß die Tür.

»Wie kann ich dir nur danken, lieber Freund?« rief er dem Franzosen zu, der noch erschöpft auf dem Hocker saß und seinen Kopf mit beiden Händen stützte. »Du bist wirklich ein wahrer, ein selbstloser Freund.«

Der Franzose zuckte mit den Schultern. »Ich muß morgen in aller Frühe aufbrechen. Ich bitte dich um eine kleine Hilfe. Ein Stück Käse, etwas Brot und einige Oliven reichen mir. Ich bin jetzt sehr müde.«

»Aber sicher, du sollst mein Bett bekommen, wir Araber bieten unseren Freunden nur unser Bestes.«

Der Fremde stand auf und schleppte mit müden Schritten seinen schweren Koffer in das große Zimmer. Salem rannte ihm voraus und öffnete lächelnd die Tür.

»Schlaf gut, bester Freund.«

Während Jasmin sich hinlegte und nach einer Weile in tiefen Schlaf fiel, blieb Salem die ganze Nacht lang wach. Immer wieder betastete er den prall gefüllten Beutel und dachte an die vielen Häuser, die er kaufen wollte. Er sah sich in seidenen Kleidern in einem Haus mit Marmorboden sitzen, und neben ihm plätscherte das Wasser in einen Springbrunnen, in dem Goldfische schwammen. Vor ihm standen die Mieter seiner vielen Häuser mit gesenkten Köpfen und baten um Gnade. Er hatte ein gutes Wort für diesen oder jenen – nur dem Hurensohn Ali gab er einen kräftigen Tritt in den Hintern.

Erst in der Morgendämmerung nickte er für eine Weile ein. Als er erwachte, blickte er ängstlich um sich. Aber als er den Beutel mit den Münzen unter seinem Kopf spürte, lächelte er beruhigt. Der Sack war prall gefüllt wie in der Nacht zuvor.

Jasmin kam aus der Küche und brachte eine Kaffeekanne mit zwei Täßchen.

»Du bist schon wach?« Sie stellte die Kanne auf den Boden.

»Ich habe schlecht geträumt, ich sah den Gauner Ali, der auf mich zustürzte. Der Beutel öffnete sich, und Ali lachte: ›Siehst du dieses Gold, wenn ich darauf pinkle, verschwindet es.‹ Ich habe nur gelacht, doch er begann auf den Beutel zu pinkeln, und das ganze Gold verschwand.«

»Na, beruhige dich, das Gold ist doch noch da.« Die Frau goß Kaffee in die Täßchen, und Salem schlürfte ihn schweigend.

»Höre gut zu, wenn der Franzose aufsteht, sagst du ihm…«

»Ja, ja! Ich weiß, ich sage ihm, er soll abhauen…«, unterbrach Jasmin ihren Mann.

Salem stand auf und schaute auf den Wecker, es war sechs Uhr morgens, und obwohl er genau wußte, daß die Goldschmiede erst um neun Uhr ihre Läden öffnen, packte ihn eine große Unruhe. Die Zeiger seiner alten Uhr schienen festzukleben. Er machte sich auf den Weg zu Elias. In der Goldschmiedestraße traf er nur zwei Straßenkehrer, die verschlafen mit ihren großen Besen den naßgespritzten Platz kehrten. Der ältere schaute neugierig Salem an, der unruhig vor Elias' Geschäft auf und ab wanderte, immer wieder den schweren Sack mit den Münzen auf den Boden stellte, eine Zigarette rauchte, den Sack wieder aufnahm und seine unruhige Wanderung fortsetzte.

Gegen neun Uhr öffneten immer mehr Goldschmiede ihre Geschäfte. Einige setzten sich vor ihre Läden und tranken Kaffee, den der alte Diener des nahegelegenen Restaurants ihnen brachte. Nur Elias erschien nicht. Salem hockte vor seinem Laden und rauchte eine Zigarette nach der anderen. Erst gegen zehn Uhr betrat Elias seinen Laden. Die geschwollenen Augen über von Schnaps geröteten Backen ließen auf eine durchfeierte Nacht und kurzen Schlaf schließen.

»Salem! Was machst du hier?« rief Elias erstaunt und reichte ihm die Hand.

Salem atmete erleichtert auf, aber murrte: »Goldschmied müßte man sein, um den Schlaf zu genießen.«

Als Elias die eiserne Tür seines Geschäftes aufgeschlossen hatte, ließ er Salem den Vortritt und warf einen überraschten Blick auf den schweren Sack.

»Nun, was hast du?« fragte er verschwörerisch.

»Ich habe mein ganzes Gold gebracht, ich will es dir verkaufen. Du weißt ja, Gold kann immer gestohlen werden. Ich will auf Häuser umsteigen.« Salem bemühte sich, diese lange vorbereiteten Sätze glatt über die Lippen zu bringen.

»Und wo ist das Gold?« fragte Elias.

»Hier!« Salem stellte den Beutel auf die Theke.

Elias' Augen weiteten sich. »So viel? Woher soll ich so viele Scheine nehmen?«

»Ach was, du schaffst das schon!« winkte Salem ab. »Bei den Goldschmieden sind selbst die Knochen aus Gold.«

»Wenn du nur wüßtest, was für eine schlechte Zeit es ist. Unter Freunden, der Goldpreis sinkt. Aber wem erzähle ich das? Wir werden uns schon einigen. Zeig mir mal, was du angeschleppt hast.« Elias klopfte Salem freundschaftlich auf die Schulter.

Salem knotete den Beutel auf, griff mit seiner rechten Hand hinein und holte eine Handvoll Goldmünzen heraus, die er auf die Theke legte. Elias' lächelndes Gesicht versteinerte, als er mit seinem Goldschmiedgehör das Klirren der Münzen vernahm. Er nahm die eine auf, wendete sie zwischen den Fingern, suchte sich eine zweite, schaute sie lange an, dann drehte er sich zur Vitrine, um mehr Licht zu haben. Salems Blick wechselte gespannt von Elias' Gesicht auf dessen Finger und wieder zurück.

»Was ist? Da staunst du, was? So viel Gold hast du noch nie gesehen! Du dachtest vielleicht, dieser arme Bäcker schuftet umsonst.«

Elias schaute Salem fest in die Augen. Dann warf er eine der Münzen auf den Boden und hob sie wieder auf. »Woher hast du dieses billige Kupfer?«

»Was sagst du da... Kupfer?«

»Salem, ich denke, wir sind Freunde, und Freunde sind nun mal ehrlich zueinander. Woher hast du diesen Tand?«

»Ja... Durch meine... harte Arbeit. Meine ganzen Jahre...«

»Nun wach doch auf, Salem, verdammt und zugenäht. Es sind Kupfermünzen, die gut gefälscht und mit einem goldenen Belag versehen sind. Aber einer wie du müßte das doch wissen. Höre doch selbst.« Elias warf erneut eine Münze auf den Boden.

»Ja, ich höre, das ist Gold!« Salems Stimme klang hohl, als käme sie aus einem tiefen Brunnen.

»Salem, was ist mit dir los? Du bringst mir einen Haufen Kupfermünzen und willst sie mir als Gold andrehen... Aber warte!« Elias holte aus einem eisernen Schrank eine Goldmünze. »Sieh dir die an, und vergleiche sie mit den Münzen, die du für Gold hältst. Schau das Datum an, den Rand und die Feder über dem Kopf des Sultans, siehst du denn nicht den Unterschied!«

Salem nahm beide Münzen und verglich sie. Jetzt sah er, daß der aufgedruckte Sultanskopf auf seinen Münzen sehr verschwommen war. Auch das Datum und der Rand seiner Münzen war nicht so gestochen scharf wie auf der echten. »Das sind nun mal alte Münzen«, flüsterte Salem verzweifelt.

»Das ist doch unmöglich! Dich wird doch nicht der Ali beschissen haben? Aber ihr Bäcker seid ja stur!« Elias entnahm einem Schubfach eine kleine Feile und ritzte eine der vielen Münzen, die auf der Theke lagen. »Siehst du das rote Kupfer und den hauchdünnen Überzug? In letzter Zeit kommen immer wieder Bauern zu mir mit einem ähnlichen Mist. Die Leute sind verrückt geworden. Ich habe gehört, es ist eine gut organisierte Bande von Franzosen, die dumme Bauern reinlegen. Und nun haben sie dich betrogen!«

Salem stand regungslos und schien noch immer nicht zu begreifen. »Nun sag, du willst sie nicht. Sag, du hast kein Geld!« Salem schaufelte mit zitternden Händen den Münzenhaufen zurück in seinen Sack.

»Salem, mach dich bei den anderen Goldschmieden nicht lächerlich.« Elias packte Salem am Ärmel.

»Laß mich los!« schrie Salem. Tränen liefen ihm über das Gesicht. Er riß sich los und packte den Beutel mit den falschen Münzen. Er ging von Goldschmied zu Goldschmied, aber alle winkten höhnisch ab, beim vierten brauchte er nicht einmal mehr den Beutel aufzumachen, denn es hatte sich schnell herumgesprochen, daß wieder einer mit falschen Münzen ein Geschäft machen wollte.

Salem stand mitten auf der Straße. Heulend und tobend warf er die falschen Münzen über die Köpfe der Passanten. »Heiliger... mich reingelegt... Dreißig Jahre... Hurensohn...!« hörten die Leute ihn mit heiserer Stimme schreien. Die Kinder rannten hinter ihm her, um mit den glänzenden Münzen ihre Taschen vollzustopfen. Als der Beutel geleert war, taumelte Salem nach Hause. Er hatte es nicht einmal eilig, denn er war sicher, daß der Franzose über alle Berge war.

Das schwarze Schaf

Kan ya ma kan, es war oder es war nicht eine Schafherde. Wenn die schneeweißen Schafe auf der Weide ihre Köpfe senkten, um das üppige Gras zu genießen, sahen sie von weitem wie kleine weiße Wolken aus, die über die bunte Weide dahinzogen. Nur ein einziges Schaf war pechschwarz und sah wie ein Brocken Steinkohle aus, der inmitten dieser weißen Wolken hin- und herrollte.

An einem sonnigen Morgen fragte ein weißes Schaf seinen schwarzen Nachbarn wie schon seit Jahren, warum es schwarz sei.

»Ja, das weiß ich nicht, du fragst mich zum hundertstenmal, warum ich schwarz bin«, antwortete das schwarze Schaf.

»Deine Mutter wird wohl irgend etwas angestellt haben«, meldete sich ein junges Lamm zu Wort.

»Wieso, meine Mutter? Sie ist doch auch weiß.« Das schwarze Schaf war ganz verwirrt.

»Na, gerade deshalb, du Dummkopf. Sie hat sich mit dem schwarzen Hammel herumgetrieben, den der Schäfer letztes Jahr in den Topf geworfen hat«, fuhr ein älterer Hammel das schwarze Schaf barsch an.

Es errötete. Traurig schlich es zu seiner Mutter und fragte sie, ob das, was der Hammel erzählte, stimmen würde.

»Ja, mein Kind, ich habe den schwarzen Hammel sehr geliebt. Er war auch sehr zärtlich zu mir. Er war ein mutiger Kerl mit messerscharfen Hörnern.« Die Stimme der Mutter stockte, eine Träne lief ihr die rechte Wange hinunter.

»Habe ich auch ganz scharfe Hörner?« fragte das schwarze Schaf.

»Ja, mein Kind«, antwortete die Mutter und lächelte wieder, als sie sah, daß ihr Kind erleichtert aufatmete.

»Lieben denn die anderen Mütter den weißen Hammel, der die Herde führt?« wollte das schwarze Schaf wissen.

»Ach was«, winkte die Mutter ab, »sie warten jedes Jahr auf den Sieger, und den lieben sie.«

»Und hat mein Vater alle besiegt?«

»Nein, mein Kind, er hat mit niemandem gekämpft, und obwohl er mit einem Stoß seiner Hörner einen Hammel umlegen konnte, verzieh er nachsichtig auch schwachen, einjährigen jungen Burschen, die ihn beleidigt hatten. Deshalb habe ich ihn geliebt.«

Am nächsten Tag hörte das schwarze Schaf, als es neben dem Bach graste, ein kleines Lamm seine Mutter fragen:

»Ist die Milch von schwarzen Schafen auch immer schwarz?«

»Nein«, antwortete die Mutter und blickte verlegen das schwarze Schaf an.

»Aber warum sagt ihr dann, sie ist widerlich und macht krank?« fragte das junge Lamm ungeniert weiter.

»Sei leise!« Die Mutter stieß ihr Kind in den Bauch. Dann rief sie tadelnd: »Ich weiß nicht, woher du solche Unverschämtheiten hast.«

Das Lamm heulte vor Schmerz laut auf. »Ihr sagt es doch immer selbst.«

Das schwarze Schaf war wütend. Es konnte das Gras nicht mehr richtig genießen. Es zog einige Schritte weiter und legte sich an den Bach. Es schaute ins Wasser und dachte an seinen Vater, daran, wie dieser damals auf dem Boden gelegen hatte und die Schmähung der anderen ertrug, die ihn anspuckten.

»Warum hat er sich das gefallen lassen?« flüsterte es immer wieder.

Es schluchzte auf und spürte einen starken Druck auf seiner Brust, als stünden plötzlich alle weißen Schafe auf ihr.

Ein junger, schneeweißer Hammel näherte sich ihm.

»Du weinst ja, was hast du denn?« fragte er freundlich, und das schwarze Schaf erzählte ihm von seinem Schmerz.

Und als es geendet hatte, klopfte der weiße Hammel ihm auf die Schulter und beruhigte es.

»Du bist zu empfindlich. Nicht alle denken so von dir. Ich zum Beispiel finde deine Augen wunderschön, und deine Beine werden in ihrer Schönheit von keinem anderen Schaf übertroffen.«

»Und was ist mit meinem schwarzen Fell?«

»Stört mich nicht.«

»Wirklich nicht?« Das schwarze Schaf schaute den weißen Hammel sehnsüchtig an.

»Ja, ich glaube, wir könnten Freunde werden«, sagte der weiße Hammel so laut, daß einer der drei starken Hammel ihn hörte. Dieser brüllte kurz auf und rannte dann wütend auf den jungen Hammel zu. Er rammte ihn in den Bauch und rief: »Das fehlt uns noch, daß du mit einer Schwarzen gehst.«

Er stach immer wieder mit seinen spitzen, kräftigen Hörnern auf den jungen schreienden Hammel ein und warf ihn zu Boden.

»Das schwarze Schaf hat doch niemandem etwas getan!« schrie der junge Hammel verzweifelt, aber keiner half ihm, viele weiße Schafe schüttelten nur den Kopf und riefen: »Er hat es verdient.«

Das schwarze Schaf wurde wütend, es stand auf und rannte auf den großen Hammel zu und stieß ihm mit aller Kraft in den Bauch, bis dieser blutete. Erst dann ließ es von ihm ab und ging zu dem heulenden jungen Freund.

»Komm, mein Freund«, rief es ihm aufmunternd zu.

»Laß mich in Ruhe, ich habe heute schon genug Schläge bekommen.«

»Aber wir sind doch Freunde!« widersprach das schwarze Schaf.

Der weiße Hammel sah aber, wie alle anderen Schafe ihn verächtlich und drohend anblickten. Das machte ihm mehr angst als die Hörner des großen Hammels. Er antwortete nicht, sondern schüttelte nur den Kopf.

Das schwarze Schaf drehte sich um und ging zum Bach.

Ängstlich gingen ihm die versammelten Schafe aus dem Weg.

»Sieh dir das Blut auf seinen Hörnern an«, flüsterte eines. »Es ist widerlich«, entsetzte sich ein anderes und verdrehte die Augen.

»Woher dieser Bastard nur diese Frechheit hat. Sein Vater war zwar schwarz, aber gutmütig.«

Gegen Nachmittag schlich sich der junge weiße Hammel zum Bach, wo bereits das schwarze Schaf lag. »Komm, ich will mit dir reden«, flüsterte er und tat so, als würde er aus dem Bach trinken.

»Ja, gut, dann rede.«

»Ich kann doch hier nicht mit dir reden. Können wir uns nicht hinter dem Gebüsch treffen, wo uns keiner sieht?« flüsterte der junge Hammel.

»Nein, wenn du dich meiner schämst, dann bist du kein Freund.« Das schwarze Schaf atmete tief durch. »Freundschaft ist doch kein Verbrechen, das man verbirgt. Wenn du mein Freund bist, so sage es laut.« Der junge weiße Hammel wurde blaß, schaute um sich und ging traurig davon.

Seit diesem Tag sprach er kein Wort mehr mit dem schwarzen Schaf, denn immer, wenn er mit ihm reden wollte, spürte er die Blicke der Hammel und der weißen Schafe wie Stiche in seinem Rücken.

Nicht weit von der Weide entfernt lebte ein Wolf. Immer wieder schlich er sich an die Herde heran und hetzte eines der Schafe so lange, bis er das arme Tier am Hals pakken konnte und es zu Boden warf. Er fraß sich satt. Den Rest schleppte er in seine Höhle und lebte eine ganze Woche von seiner Beute. Die Schafe vergaßen schnell das überfallene Tier.

»Das ist nun mal sein Schicksal«, bemerkte lakonisch der Leithammel.

»Das kommt davon, wenn ein Schaf sich zu weit von der Herde entfernt«, sagte ein anderes Schaf.

Manche Schafe bemerkten aber auch Tränen in den Augen des Wolfes, die er bekam, wenn das Stück Fleisch, das er gerade hinunterwürgte, zu groß war.

»Er weint ja«, sagten sie dann. »Ein Wolf hat auch ein Herz. Ihm bleibt nichts anderes übrig, Wölfe fressen eben kein Gras.«

Ab und zu hörte eines der Schafe sogar den Wolf »Entschuldigung« sagen, bevor er seinem Opfer den tödlichen Biß versetzte.

Eines Tages graste die Mutter des schwarzen Schafes abseits der Herde. Das schwarze Schaf suchte sie, um sie wieder einmal nach seinem Vater zu fragen. Plötzlich bemerkte es, wie der Wolf sich an seine Mutter heranschlich. Das Blut kochte in seinen Adern, und es rannte wütend auf den Wolf zu. Da der Wolf damit beschäftigt war, sich so nah wie möglich an das ahnungslose Schaf heranzuschleichen, merkte er nicht, daß sich ihm das schwarze Schaf mit den messerscharfen Hörnern näherte. Plötzlich verspürte der Wolf einen Schmerz in seinem Hintern. Er schoß vor Schreck in die Höhe und fiel kopfüber auf den Boden. Als er das schwarze Schaf sah, knurrte er: »He, du Bastard, was soll das! Dich bekomm ich auch noch vor meine Klauen.«

Aber das schwarze Schaf stieß erneut zu und traf ihn diesmal in den Bauch. Immer wieder griff es den jaulenden Wolf an, bis dieser blutend und mit eingezogenem Schwanz das Weite suchte und einen großen Bogen um die Weide machte, um zu seiner Höhle zurückzukehren.

»Ich bin stolz auf dich, mein Kind«, rief die Mutter und leckte dankbar das Gesicht ihrer Tochter, die immer noch schwer atmend den Wolf mit den Augen verfolgte.

»Das war aber brutal. Sieh dir das Blut auf dem Gras an«, rief eines der Schafe. »Igittigitt, wer soll das noch fressen!« beschwerte sich ein anderes angeekelt.

»Willst du gegen das Schicksal kämpfen?« Der größte und stärkste Hammel der Herde war herangetreten.

»Ob unter dem Messer der Metzger oder unter den scharfen Zähnen des Wolfes, das ist doch egal«, meinte der zweitgrößte Hammel weise. Alle Schafe nickten, nur nicht das schwarze und seine Mutter.

»Dann bringt euch doch gleich um!« rief die Mutter aufgebracht.

»Ihr seht doch, daß es möglich ist, sich zu wehren«, bekräftigte das schwarze Schaf und fuhr dann fort: »Bietet ihm doch eure Hörner anstatt eure Hintern, und ihr werdet sehen, ob der Wolf ein Wolf bleibt.«

»Ach, was bist du doch für ein Angeber«, riefen mehrere Schafe, und die Herde begann wieder zu grasen und vergaß schnell die Erlebnisse des Tages.

Seit diesem Tag achtete der Wolf teuflisch genau darauf, daß ihn bei seinen Beutezügen nicht das schwarze Schaf erwischte. Er riß nach wie vor jede Woche ein Schaf, aber niemand hat je wieder Tränen in seinen Augen gesehen, und kein einziges Schaf hörte ihn Entschuldigung sagen. Die Schafe dagegen schimpften seitdem auf das schwarze Schaf, weil es das alles verursacht hatte.

Und die Grille singt weiter

Meine Großmutter erzählte mir einst die bekannte Geschichte von der fleißigen Ameise und der faulen Grille, die im Sommer nur sang und fiedelte und im Winter vergeblich um Nahrung bettelte. Als meine Großmutter ihre Geschichte beendet hatte, fragte ich sie: »Und wovon lebt eine Grille im Winter?«

Meine Großmutter schaute mich erst mit großen Augen an, doch dann antwortete sie gütig: »Mein Kleiner! Sie überlebt den Winter nicht. So wie alle Faulenzer. Und nun schlaf ein.«

Ich konnte aber nicht schlafen. Ich mochte die Grille lieber als die Ameise, aber ich konnte meiner Großmutter nicht erklären warum. In jener Nacht aber hatte ich beschlossen, den ganzen Winter über zu warten, um zu sehen, ob nicht doch zumindest eine Grille den Winter überleben würde.

Es war in einer heißen Juninacht. Es war sehr schwül, und das Kopfkissen schien mit Nägeln gefüllt zu sein. Ich konnte nicht schlafen. Plötzlich hörte ich das muntere Zirpen der Grillen. Ich sprang aus dem Bett und ging hinaus auf den Hof. Dort hörte ich erstaunt, wie mehrere Grillen sich unterhielten. Die eine unter dem Granatapfelbaum hatte besondere Ausdauer und musizierte am längsten, die zweite irgendwo hinter der Mülltonne besaß eine besonders schrille Geige, und die dritte Grille, die im Gerümpel unter der hölzernen Treppe fiedelte, wurde von den anderen andauernd unterbrochen.

Ich rannte zu meiner Großmutter, die auf einer alten Matratze unter freiem Himmel schlief. »Großmutter! Die Grillen leben doch!« Ich schüttelte sie an den Schultern. Erschrocken fuhr die alte Frau aus dem Schlaf.

»Ja, und?« fragte sie mürrisch.

»Aber du hast doch gesagt, die Grille würde den Winter nicht überleben!« rief ich verärgert.

Meine Großmutter kratzte sich den stark ergrauten Kopf. »Mein Kind! Natürlich lebt die Grille. Es ist doch nur ein Märchen.«

»Also hast du gelogen!« fuhr ich sie an.

»Nun schlafe, mein Kind, es ist spät. Dein Vater wird böse, wenn du ihn mit deinem Geschrei aufweckst.«

Ich schleppte mich stumm in mein Bett. Aber ich konnte wieder nicht einschlafen. Ich war froh, daß die Grillen doch den Winter überlebten, und traurig, weil meine Großmutter mich belogen hatte.

Jahre vergingen, und meine Großmutter starb an Unterernährung, obwohl sie so hart wie die Ameisen arbeitete und nie wie die Grille sang oder fiedelte. Ich hatte die Geschichte mit der Grille fast vergessen, als mich mein Französischlehrer wieder darauf aufmerksam machte. Dieser Lehrer kam eines Tages in die Klasse und las uns die Geschichte von der Grille und der Ameise von Jean de la Fontaine vor. Er las den Dialog parteiergreifend für die Ameise und gab sich besondere Mühe, mit seiner Stimme die Grille schlechtzumachen:

»Die Ameise fragte: ›Was hast du denn im Sommer getan?‹ – Die Grille antwortete: ›Ich bin hin und her durch die Zäune gesprungen und hab' gesungen.‹ – Da lachte die Ameise und sprach: ›Hast du im Sommer gesungen, so magst du im Winter tanzen.« ‹

Ich wurde wütend, bemühte mich aber, höflich zu bleiben. Ich hob meinen Finger und fragte den Lehrer, ob er sicher sei, daß die Geschichte mit der Grille und der Ameise auch stimme. Die Mitschüler lachten verschwörerisch, und der Lehrer bekam wie so oft einen roten Kopf. Er empfahl mir mit Nachdruck, das Gedicht von La Fontaine dreißigmal abzuschreiben. Ich schrieb ein ganzes Heft voll. Als ich es nach ein paar Tagen dem Lehrer reichte, zählte er nach, lächelte und zerriß das Heft. Er warf es in den Papierkorb und fragte: »Und nun? Glaubst du nun die Geschichte?«

»Nein«, sagte ich gutmütig.

»Dann schreib das Gedicht bis zum nächsten Dienstag vierzigmal ab. Vielleicht verbessert das nicht nur deinen Glauben, sondern auch dein miserables Französisch.«

Und ich schrieb erneut, aber nur bis zum siebzehnten Mal, denn der Lehrer verließ am Freitag die Schule und handelte von diesem Tag an mit gebrauchten Autos, was ihm viel mehr Geld einbrachte.

Die Jahre vergingen, und ich vergaß die Grille und die Ameise, meine Großmutter und den Autohändler. Ich mußte mein Land verlassen und kam in die Bundesrepublik. Hier dauert der Winter bekanntlich länger als in meinem Land. Hier hörte ich oft im Radio Loblieder über die fleißigen Ameisen und Schimpfereien über die Grille, als hätte meine Großmutter diese Menschen erzogen und als würden alle Kinder hier zum Autohändler in die Schule gehen.

Eines Tages ging ich mit einem Bekannten und seiner siebenjährigen Tochter spazieren. Auf der Hauptstraße stand ein junger Straßenmusikant, der auf einer Gitarre lustige Lieder spielte und dazu sang. Das kleine Mädchen war begeistert. Wir blieben stehen und klatschten Beifall. Mein Bekannter jedoch zerrte seine Tochter weg.

»Komm«, herrschte er sie an, »das ist doch bloß einer von diesen Faulenzern.«

Seine Tochter wurde traurig. Ich versuchte ihn zu besänftigen. Doch der schrie:

»Die leben nur auf unsere Kosten! Diese Brüder sollen lieber arbeiten gehen!«

Ich konnte dieses Gerede nicht mehr ertragen, ließ meinen Bekannten ohne Abschied stehen und ging zu dem Musikanten zurück. Aber dort standen inzwischen zwei Polizisten, die ihn aufforderten, seine Gitarre einzupacken und zu gehen.

Ich irrte lange in den Straßen umher. Es war eine warme

Sommernacht, und ich spürte in mir eine Wut aufsteigen, weil ich die Suche nach der wahren Geschichte von der Grille und der Ameise so lange aufgeschoben hatte. Deshalb beschloß ich in jener Nacht, endlich damit zu beginnen. Da ich aber wußte, daß Autos und Hochhäuser keinen Platz für Grillen gelassen hatten, nahm ich mein Fahrrad und fuhr aus der Stadt hinaus, bis ich ein deutliches Zirpen vernahm. Ich hielt an, legte mein Fahrrad auf eine Wiese und setzte mich auf einen flachen Stein.

Der Wind rauschte unheimlich im Tannenwald am Rande der Wiese, aber ich war entschlossen und flüsterte gegen den Wind: »Ich will die wahre Geschichte der Grille und der Ameise heute und hier erfahren.« Ich hörte ein Knurren hinter mir, drehte mich um und sah einen großen Wolf. Ich bückte mich, nahm einen Stein und warf ihn fluchend in seine Richtung.

»Ich will es jetzt erfahren, und keine Macht der Welt kann mich daran hindern.«

Der Wolf verschwand so plötzlich, wie er gekommen war.

Ich hatte mich noch nicht wieder beruhigt, da tauchte ein großer Mann auf. Er starrte mich mit funkelnden Augen drohend an: »Was machst du hier auf meinem Stein?«

Ich antwortete ihm: »Dieser Stein gehört niemandem, er ist für alle da.«

Da stürzte er sich auf mich und versuchte, mich herunterzureißen. Ich klammerte mich am Stein fest und trat dem Mann in den Bauch. Da spürte ich überall seine eisernen Fäuste. Ich trat so lange mit den Füßen, bis ich keine Schläge mehr spürte. Als ich aufblickte, war der Mann verschwunden. Ich hörte nur noch meinen eigenen Atem.

»Ich will die wahre Geschichte erfahren!« Entschlossen wischte ich meine nasse Stirn.

»Du hast Geduld, junger Mann, das gefällt mir«, hörte ich plötzlich eine Stimme. Ich drehte mich um und sah eine kleine Grille neben mir. »Du willst die Geschichte erfahren?« zirpte sie. Ich nickte, und die Grille erzählte mir ihre Geschichte:

»Damals, als meine Ur-Urgroßmutter den Sommer lang fiedelte und für alle Tiere sang, dachte sie, daß diese sie im Winter beherbergen würden. Sie dachte, sie habe Musik gemacht, damit die anderen ein bißchen Freude hätten. So würden sie sie auch nicht im Stich lassen. Als der Winter kam, klopfte sie an die Türen, aber die Ameisen machten nicht auf und gaben meiner bettelnden Ur-Urgroßmutter nichts zu essen. Überall lag Schnee, und der eiskalte Wind trieb die Kälte in ihre Glieder. Meine Ur-Urgroßmutter weinte bitterlich, aber die Ameisen verschenkten nichts, sie ließen lieber ihre Vorräte verderben. Auch die Mäuse und die Hamster waren nicht besser. Sie taten so, als hätten sie die Grille nie gekannt.

Diese setzte sich traurig unter einen Baum und sang ein Lied über ihr Schicksal. Ein Hirschkäfer tauchte auf.

›Warum weinst du?‹ fragte er, und meine Ur-Urgroßmutter erzählte ihm ihr Erlebnis mit den undankbaren Ameisen, Mäusen und Hamstern.

›Ich kann dir helfen, so daß du und deine Kindeskinder weiterhin glücklich singen können.‹

Die Grille traute kaum ihren Ohren, aber der Hirschkäfer redete weiter: ›Du wirst von diesem Tag an nie wieder betteln müssen. Ich helfe dir.‹

›Und warum tust du das?‹ fragte die Grille zweifelnd und noch immer schluchzend.

›Weil ich Musik liebe!‹ rief der Hirschkäfer.

›Und was willst du dafür haben?‹ fragte die Grille.

›Nur meine Unkosten‹, antwortete der Hirschkäfer gütig.

So folgte meine Ur-Urgroßmutter dem Hirschkäfer und bekam bei ihm gutes Essen. Sie traf drei Flöhe, die der Hirschkäfer auch beherbergte.

Am nächsten Morgen schickte der Hirschkäfer seine drei Söhne in den Wald. Die drei hasteten von einem Ameisenhaufen zum anderen und klapperten alle Mäuselöcher ab. Sie riefen immer wieder im Chor: ›Hört alle her! Die Winternächte sind lang. Ihr werdet euch doch nicht die ganze Zeit langweilen wollen. Kommt zur Höhle am Waldrand und schaut die tanzenden Flöhe an und lauscht den fröhlichen Weisen der Wundergrille. Hört alle her! Für ein Weizenkorn oder drei Roggenkörner könnt ihr einen lustigen Abend erleben.‹

Viele Ameisen, Mäuse und Hamster schüttelten lächelnd den Kopf. ›Dummes Zeug‹, sagten sie und blieben lieber in ihren Häusern. Aber manche, denen die ruhigen, kalten Nächte auf die Nerven gingen, dachten an den Sommer und verspürten in sich eine große Sehnsucht.

›Ein bißchen Abwechslung wäre doch gut‹, dachten sie. ›Und wenn ich einen schönen Abend verbringe, ist es für ein Korn nicht zu teuer.‹

Zögernd nahmen einige ein Weizenkorn und gingen hinaus zur Hirschkäferhöhle am Waldrand. Dort gaben sie das Korn einem Marienkäfer, der an der Tür höflich die Gäste begrüßte.

Die Flöhe tanzten, und die Grille fiedelte, und die Zuschauer verbrachten eine lustige Zeit bis zum Morgengrauen. Sie erkannten die Grille nicht wieder und ahnten auch nicht, daß die tanzenden Flöhe dieselben waren, die ihnen den ganzen Sommer über auf dem Feld vorgetanzt hatten.

Abend für Abend tanzten die Flöhe und fiedelte die Grille. Die Höhle wurde immer voller, denn die Neuigkeit von den lustigen Abenden sprach sich unter den Waldbewohnern herum.

Selbst als der Hirschkäfer den Eintrittspreis erhöhte, blieb die Höhle bis zum letzten Platz gefüllt. Die Zuschauer zahlten nun drei Weizenkörner, neun Roggenkörner oder eine große Möhre, um dem Schauspiel beiwohnen zu dürfen.

Die Grille und die Flöhe bekamen ausreichend zu essen und spielten munter Abend für Abend.

Abend für Abend aber stritten sich auch die Zuschauer

am Eingang. Jeder wollte ganz vorne sitzen, um besser sehen und hören zu können. Sie bemerkten nicht, wie schnell ihre Vorräte dahinschwanden, während der Hirschkäfer einen großen Vorrat Korn, Möhren, Samen und Kräuter anhäufte.

Eines Morgens erwachte die Grille und hörte an der Tür eine Ameise betteln: ›Für meine Kinder und nicht für mich, gnädiger Hirschkäfer.‹ Aber der Hirschkäfer wies ihr unbarmherzig die Tür.

Die Grille dachte an die Tage, als sie selbst von Tür zu Tür gezogen war, und ärgerte sich über den habgierigen Hirschkäfer. Als sie ihn deswegen tadelte, sagte er: ›Ach was! Es sind nur die Faulen und Dummen, die hungern. Wer fleißig und klug ist, hungert nie.‹

Die Grille wurde sehr wütend. Sie schrie den Hirschkäfer so laut an, daß die schlafenden Flöhe aufwachten und erschrocken herbeieilten.

›Gib mir meinen Anteil!‹ verlangte die Grille.

Der Hirschkäfer zählte seine Unkosten auf.

›Du lügst, ich habe nicht so viel gegessen.‹ Die drei Flöhe waren entrüstet, denn für so gemein hatten sie den Hirschkäfer nicht gehalten. Gemeinsam mit der Grille verließen sie die Höhle.

›Ihr werdet noch auf den Knien zu mir gekrochen kommen!‹ schrie der Hirschkäfer, und Schaum trat ihm vor den Mund.

Meine Ur-Urgroßmutter fiedelte auf dem kleinen Platz vor der Höhle. Die Ameisen, Mäuse und Hamster wunderten sich, an diesem sonnigen Februartag bereits die Grille zu hören, strömten aus ihren Löchern und versammelten sich auf dem Platz. Da merkte die Grille, daß die Zuhörer sich nicht richtig an ihrem Spiel erfreuen konnten, denn das Knurren ihrer leeren Mägen übertönte die Klänge ihrer Musik.

›Worauf wartet ihr denn?‹ flüsterte sie dem einen Floh zu.

›Wir machen ja schon‹, antwortete dieser und zwinkerte

seinen beiden Freunden zu. Sie hüpften in weiten Sprüngen über die Köpfe der Söhne des Hirschkäfers, die vor der Vorratshöhle Wache hielten. Unbemerkt beförderten sie Korn für Korn, die sämtlichen Vorräte des Hirschkäfers auf den Platz.

›Haltet die Diebe!‹ rief der Hirschkäfer. Aber die Zuhörer meiner Ur-Urgroßmutter aßen sich satt, schmatzten laut und lachten sich halbtot über den hilflosen Hirschkäfer.

Von nun an machten die Grillen Musik für alle Tiere, und diese wiederum verwahrten etwas Nahrung für sie, so daß sie genug Essen für den langen Winter hatten.

So, das ist die Geschichte«, sagte die Grille. »Und jetzt entschuldige mich, die Ameisen feiern ein Fest. Sie brauchen mich.« Sie hüpfte vergnügt in den Wald hinein, und ich konnte noch lange ihr Zirpen hören.

Die Aufseher

In einem tiefen Loch unter der Erde lebten einst viele Ameisen. Sie bauten fleißig an ihrem großen Ameisenstaat, sorgten für Vorräte und für ihren Nachwuchs. Sie verstanden sich gut, und sie stritten sich auch, so wie Tausende, ja Millionen von anderen Ameisen es tun.

Es war wieder einmal Sommer geworden. Auf den Feldern glänzte golden das Korn, Kornblumen und der Klatschmohn wiegten sich im Wind. Es gab viel zu tun für die Ameisen. Frühmorgens standen sie auf und krabbelten aus dem Eingangsloch.

Eines Abends war eine Ameise nicht heimgekommen. Als es immer dunkler wurde, beunruhigten sich die anderen immer mehr.

»Ob sie sich verlaufen hat?«

»Vielleicht ist sie verwundet?« fragten sich die Ameisen immer wieder, und eine große Unruhe breitete sich im Ameisenstaat aus.

Endlich, um Mitternacht, kam Nana. Zitternd und mit blassem Gesicht betrat sie die Höhle, wo sie sofort mit Fragen überhäuft wurde.

»Was ist denn los mit dir?«

»Warum bist du bis jetzt draußen gewesen?«

»Erzähle uns, was dir passiert ist.«

»Jetzt erzähl doch schon«, drängten die Ameisen Nana, ihre Geschichte zu erzählen. Und sie erzählte:

»Nach der Arbeit wollte ich noch spazierengehen, da packte mich ein großes, aschgraues Ungeheuer. Seine Augen blitzten, und sein Maul hatte gewaltige Zähne. Es sagte, es habe uns in der Hand und könne uns mit einem Schlag vernichten.«

Die Ameisen erstarrten vor Schreck. Nana setzte ihren Bericht fort: »Wenn wir ihm aber jeden Tag zehn Ameisen abliefern, will es uns leben lassen.«

Sali fragte aufgeregt: »Und wie will es uns töten?«

»Es kann das Meer überlaufen lassen und uns darin ertränken.«

»Warum bist du auch spazierengegangen? Du bist schuld an unserem Unglück!« fuhr eine ältere Ameise Nana bissig an. »Wärst du nämlich nicht gegangen, hätte das Ungeheuer dich nicht erwischt«, steigerte sie sich in ihrer Wut.

»Was glaubst du, wer du eigentlich bist, um über Nana zu richten!« verteidigte Samia ihre beste Freundin. »Oder willst du sogar behaupten, wenn Nana nicht spazierengegangen wäre, gäbe es das Ungeheuer nicht.«

»Ach, du weißt ja nicht, wovon du redest«, fauchte die ältere Ameise zurück.

»Ich verstehe es wohl, aber statt den Schuldigen unter uns zu suchen, sollten wir lieber überlegen, wie wir uns gegen das Ungeheuer zur Wehr setzen können.« Samia legte ihren Arm um Nana.

»Und was passiert, wenn wir uns weigern, ihm die zehn Ameisen abzuliefern?« fragte eine junge Ameise.

»Oh, daran mag ich gar nicht denken. Vor Jahren habe ich eine Überschwemmung überlebt. Du warst noch nicht geboren. Es war grauenhaft«, erinnerte sich eine alte Ameise.

»Du hast recht«, stimmte eine andere zu. »Ich war damals noch sehr jung und bin nur durch einen Zufall den Fluten entkommen.«

»Wir müssen uns überlegen, wie wir das Ungeheuer besänftigen können. Ich meine, wenn zehn Ameisen sich opferten, um das Leben von Tausenden anderen zu retten, wäre das eine große Tat.« Nachdem eine dritte Ameise dies gesagt hatte, herrschte plötzlich Totenstille im großen Raum.

Nach einer Weile unterbrach Lali die Stille: »Was heißt hier eigentlich Opfer? Das Ungeheuer hat noch nicht einmal seine Zähne gezeigt, und schon suchen wir ihm die Opfer aus.«

»Was willst du aber als Ameise gegen ein Ungeheuer ausrichten, vielleicht beißen?« entgegnete eine andere Ameise spöttisch.

»Das hat sie doch gar nicht gesagt«, verteidigte Sali ihre Freundin.

»Ach, ihr seid doch viel zu jung, um die Gefahr richtig einschätzen zu können«, ergriff jetzt wieder eine ältere Ameise das Wort, und viele der Alten und Erwachsenen stimmten ihr zu.

Aber wer sollte sich freiwillig melden? Die ganze Nacht stritten die Ameisen. Es bildeten sich Gruppen, und jede Gruppe hatte ihre eigene Vorstellung, wer am besten dafür geeignet sei, dem Ungeheuer geopfert zu werden. Aber keine Ameise wollte dies freiwillig tun.

Am nächsten Morgen war weit und breit keine einzige Ameise zu sehen. Unter der Erde jedoch tobte der Streit weiter.

»Wir haben nicht mehr viel Zeit. Bereits morgen abend will das Ungeheuer die zehn Ameisen haben«, nuschelte eine alte Ameise.

»Ich meine, wenn niemand sich freiwillig meldet, dann müssen wir die Ameisen auswählen, die nicht fleißig genug arbeiten. Überhaupt sind in letzter Zeit viele ziemlich faul gewesen und haben auf Kosten der anderen gelebt.« Dies war die Wortmeldung einer besonders kräftigen Ameise. Zunächst fanden die meisten diesen Vorschlag schlecht, aber nach und nach glaubten immer mehr, daß es keine andere Möglichkeit gäbe. Im stillen trösteten sich viele: »Ich bin doch sehr fleißig, warum soll ich Angst haben.«

Die Ameisen wählten aus ihrer Mitte zehn zu ihren Aufsehern, und die, die den Vorschlag gemacht hatte, wurde zum Oberaufseher ernannt.

Am nächsten Morgen standen viele Ameisen früher als gewöhnlich auf.

»Du siehst aber müde aus.«

»Was meinst du damit? Ich bin bereits viel länger wach als du.« So fingen sie bereits am frühen Morgen an zu streiten. Das Lächeln war ihnen vergangen. Sie waren zu sehr in ihre Arbeit vertieft, schleppten ächzend große Körner und rollten verbissen lange Halme.

»Die Stunden vergehen heute so langsam«, flüsterte eine Ameise ihrer besten Freundin zu, mit der sie zusammen ein Weizenkorn schleppte. Die schaute auf die Aufseher und nickte verstohlen.

»Was? Hast du eine solche Angst, daß du nicht einmal ein Ja über deine Lippen bringst?«

»Sei still! Du willst mich nur reinlegen. Du weißt, daß ich keine Angst habe, aber ich habe immer Pech«, flüsterte die zweite Ameise zornig zurück.

»Von wegen keine Angst! Du zitterst ja.«

»Nun sei aber endlich still!« Die zweite Ameise schrie es vor Wut. Und – sie hatte Pech, denn in diesem Augenblick drehte sich einer der Aufseher um.

»Wie heißt du?« rief er.

Vor Schreck ließ die Ameise das Weizenkorn fallen. »Hala, ich heiße Hala.«

Die andere Ameise freute sich, daß sie davongekommen war. Sie tat ganz geschäftig, um ja nicht noch aufzufallen.

Gegen Mittag schauten die Aufseher auf ihre Listen und staunten, daß bisher nur drei Namen erfaßt waren.

»So geht es nicht, wir suchen vergeblich nach faulen Ameisen.«

»Wir werden bis zum Abend kaum fünf aufgeschrieben haben, und deshalb sollt ihr nicht nach faulen Ameisen Ausschau halten, sondern nach weniger fleißigen«, wies der Oberaufseher seine Gehilfen an.

»Aber das ist doch nicht das, wofür uns die anderen gewählt haben«, widersprach einer der Aufseher.

»Das weiß ich auch. Aber willst du wieder die ganze Nacht Ansprachen halten, oder traust du dich, mit nur drei Ameisen zum Ungeheuer zu gehen«, fuhr der Oberaufseher den zweifelnden Kollegen an.

»Nein, nein, ich meine...«, stotterte der Aufseher und hatte vergessen, was er eigentlich meinte.

»Na also!« rief der Oberaufseher. »Ich überlasse es eurem Gewissen, zwischen fleißigen und weniger fleißigen zu unterscheiden.«

Der Aufseherstab nahm wieder seine Arbeit auf, und schnell befanden sich genügend Ameisennamen auf den Listen. Wenn eine nur hinkte, wurde sie aufgeschrieben, wenn eine andere nach der schweren Arbeit etwas länger nach Luft schnappte, wurde auch sie erfaßt.

Tränenden Auges verließen bei Sonnenuntergang zehn Ameisen das Loch. Zwei Aufseher begleiteten sie über den Feldweg, durch den Wald und übergaben sie dem fürchterlichen Monster, das am Meer wartete. Als die Aufseher zurückgekehrt waren, erzählten sie, wie schrecklich und kräftig das Ungeheuer sei. Sie erzahlten aber auch, daß sie andere Aufseher dort gesehen hätten, die dem Ungeheuer Ameisen ablieferten.

»Ich werde abhauen«, flüsterte Lali ihrer Freundin Sali zu.

»Wohin denn?« Sali riß erschreckt die Augen auf.

»Dorthin, wo die Ameisen noch glücklich miteinander leben.«

»Aber bist du sicher, daß dort nicht auch eines Tages ein Ungeheuer auftaucht?«

Lange redeten die zwei Freundinnen miteinander, und Lali entschloß sich zu bleiben.

Der Sommer zog übers Land, und Abend für Abend lieferten zwei Aufseher dem Ungeheuer zehn Ameisen ab. Sie schmückten in ihren Erzählungen immer mehr seine Allmacht aus. Dennoch wich unter den Ameisen nach und nach die Furcht vor dem Untier, da sie es nie zu Gesicht bekamen. An ihre Stelle trat dagegen die Angst vor den Aufsehern, die Tag für Tag strenger die Arbeit der Ameisen überwachten. Wenn einer von ihnen sie nur anblickte, zitterten sie bereits. Und so versuchten sich viele Ameisen bei den Aufsehern lieb Kind zu machen. Manche schrieb eine Lobeshymne auf sie, manch andere besorgte ihnen die beste Rosine, und wiederum andere bauten einen Sonnenschirm aus vielen Halmen, damit die Aufseher bei ihrer Arbeit im Schatten sitzen konnten. Die Aufseher bedankten sich für diese Geschenke, indem sie auch einmal ein Auge zudrückten, wenn sie die Spender bei einer Nachlässigkeit ertappten.

»Belohnung ist die Schwester der Strafe«, sagte Lali empört, als eine Ameise ihr stolz erzählte, daß sie einen Nachmittag frei bekäme, weil sie sehr fleißig gewesen war. Diese Ameise verschwieg aber die drei Rosinen, die sie dem Oberaufseher geschenkt hatte.

Eines Abends riefen die Aufseher die an diesem Tag erfaßten zehn Ameisen zusammen. Aber nur neun erschienen. Die zehnte Ameise hatte sich schon am späten Nachmittag aus dem Staub gemacht. Der Oberaufseher schien sichtlich unsicher und erregt, denn darauf war er nicht vorbereitet. Die Arbeit des Tages war getan, so daß er niemanden mehr wegen Faulheit aufschreiben konnte.

»Wir brauchen eine zehnte Ameise!« rief er mehrmals in die Runde. Doch keine der erschöpften Ameisen trat freiwillig vor.

»Nun gut, ich habe mir etwas einfallen lassen.« Der Oberaufseher hob seine Hände, das Gemurmel verstummte. »Zwei Ameisen werden miteinander kämpfen, und die Verliererin wird als zehnte dem Ungeheuer ausgeliefert. Ihr beide da, kämpft miteinander!« Er zeigte auf zwei Ameisen, die etwas abseits saßen.

»Wir wollen aber nicht kämpfen!«

»Was aber getan werden muß, muß geschehen. Wenn ihr euch weigert, wird heute die eine und morgen die andere von euch eingetragen.«

Viele Ameisen empfanden dieses Unrecht empörend. Andere flüsterten aber: »Das ist nun mal ihr Schicksal, und gegen das Schicksal ist nichts auszurichten.«

Die beiden Ameisen erhoben sich, blickten einander entschuldigend und bedauernd an. Der Oberaufseher gab das Zeichen zum Angriff. Die beiden stürzten sich aufeinander und schlugen erbarmungslos zu, um die eigene Haut zu retten. Nach und nach fanden einige Zuschauer Spaß an diesem Kampf. Sie jubelten bei jedem Schlag. Andere dagegen drehten sich entsetzt um. Endlich war der Kampf zu Ende. Eine der beiden Ameisen war zerschunden auf den staubigen Boden gesunken.

»Gratuliere!« beglückwünschte der Oberaufseher die Siegerin, die atemlos und traurig auf ihre am Boden liegende Freundin starrte.

Die Dunkelheit war bereits hereingebrochen, als die Aufseher die zehn Ameisen zum Ungeheuer führten.

»Warum kommt ihr so spät?« Drohend hallte die Stimme des Monsters aus der Dunkelheit. »Ab morgen müßt ihr elf Ameisen bringen, sonst ertränke ich euch alle im Meer.«

Beflissen eilten die Aufseher zurück und berichteten von der Wut des Untiers. Erleichtert atmeten aber die verzweifelten Ameisen auf, als die Aufseher mitteilten: »Die Siegerin von heute ist bereits so angeschlagen, daß sie morgen nicht arbeiten kann. Deshalb werden wir sie jetzt schon aufschreiben. Morgen brauchen wir dann nur noch wie gewohnt zehn Ameisen.«

»Aber ich kann doch arbeiten«, flehte die Siegerin, die jetzt sah, daß sie die Geschlagene war.

»Jetzt schreiben sie schon im voraus auf«, flüsterte Lali ihrer Freundin Sali zu. Und diese schrie aufgeregt und laut: »Und übermorgen? Was wird übermorgen sein?«

»Was kümmert dich übermorgen?« übertönte ein Aufseher ihre Stimme.

Doch Sali ließ nicht locker: »Ja, ich will wissen, ob das Ungeheuer dann zwölf Ameisen will.« Damit sprach sie nur aus, was auch die anderen gedacht hatten.

»Ach was, wir werden ihm klar machen, daß es mit uns nicht alles machen kann«, beruhigte der Oberaufseher die aufgeregten Ameisen. Er drehte sich zu seinen Aufsehern um. »Die beiden müßt ihr euch merken.«

In dieser Nacht blieben Lali und Sali lange wach und redeten erregt miteinander.

»Die Aufseher scheinen Spaß daran zu haben, daß es ein Ungeheuer gibt.«

»Ja, die Geschenke und die Macht sind ihnen zu Kopf gestiegen.«

Am nächsten Morgen krabbelten die Ameisen traurig und müde an ihre Arbeit. Sali merkte bald, daß sie von einem Aufseher verfolgt wurde. Immer wieder schüttelte er unzufrieden den Kopf. Sie spürte eine Angst, die sie vorher nicht gekannt hatte. Es war nicht die Angst vor dem Ungeheuer, denn das hatte sie noch nie gesehen. Und Nana hatte ihr doch erzählt, die Angst vor einem Monster sei wie ein Schock, sie komme plötzlich und verschwinde genauso schnell. Nein, die Angst vor den Aufsehern war eine andere, eine andauernde. Sie nagte unablässig an ihren Nerven.

Entschlossen hielt sie inne, schaute den Aufseher an, der sich von den anderen Ameisen nicht unterschied. Dennoch brauchte sie Mut, ihm fest in die Augen zu blicken.

»He, du da!« schrie sie ihn mit erregter Stimme an. »Du sollst mich nicht so anglotzen! Das macht mich krank.«

Der Aufseher erbleichte vor Wut. »Was fällt dir ein?«

»Wenn du mich weiterhin so anglotzt, werde ich nicht mehr arbeiten.« Sali wurde immer wütender.

Zwei weitere Aufseher kamen dem ersten zu Hilfe. »Was, du weigerst dich zu arbeiten? Das werden wir nicht dulden!«

»Verbieten! Wer hat euch dazu die Macht gegeben? Ihr könnt mir überhaupt nichts verbieten.«

Die Ameisen waren auf die Streitenden aufmerksam geworden und verfolgten gespannt die Auseinandersetzung.

»Ihr habt uns gewählt, weil wir gerecht sind«, griff der herbeieilende Oberaufseher ein. »Und du, meine liebe Sali, warum regst du dich eigentlich so auf? Vielleicht mußt du dich ein bißchen ausruhen.«

»Halt den Mund, du Heuchler. Ich bin nicht deine Liebe, und ich brauche mich auch nicht auszuruhen. Schon gar nicht, wenn du es mir empfiehlst.«

»Aber Sali, er meint es doch gut mit dir«, wollte eine ältere Ameise in mütterlichem Ton Sali beruhigen.

»Nein, ein Geschenk aus seiner Hand bedeutet doch letztlich eine Strafe. Ihr wollt, daß sie gerecht sind, aber wollt ihr denn, daß sie euch Angst einjagen?«

»Aber wovon redest du denn? Angst, wem mache ich angst?« Der Oberaufseher drehte sich der Menge zu. »Dir vielleicht?« Er deutete auf eine Ameise, die heftig erschrak und nur ein ängstlich gestottertes ›Nein‹ über die Lippen brachte.

»Oder dir, oder dir, und dir...?« Er wandte seinen Blick von einer Ameise zur anderen, die alle ängstlich den Kopf schüttelten.

Als er aber auf Nana deutete, platzte diese heraus: »Ja, du machst mir viel mehr angst als das Ungeheuer!«

»Mir auch!« fiel Lali ein. Sali blickte triumphierend in die Runde.

»Nun aber wieder an die Arbeit, wir haben genug geredet!« befahl der Oberaufseher mit sich überschlagender Stimme, und viele Ameisen begaben sich sofort wieder an ihre Arbeit.

»Nun, und was ist mit euch?«

»Nein!« rief Sali und setzte sich in den Schatten der großen Steine. Lali und Nana folgten ihr, und nach ein paar Minuten gesellten sich noch drei andere Ameisen zu ihnen.

»Wenn ihr wollt, könnt ihr uns alle aufschreiben.« Nach kurzer Zeit hatten sich weitere fünf Ameisen ein Herz gefaßt. »Ihr könnt uns mal«, riefen sie den Aufsehern zu, warfen ihnen ihre Last vor die Füße und begaben sich stolz zu den anderen.

Der Oberaufseher hatte nun vollends seine Fassung verloren. »Nun«, rief er, »für heute ist genug gearbeitet, die elf Ameisen sind bereits zusammen, und die anderen können den Nachmittag ausruhen. Wir wollen nicht, daß ihr euch zu Tode schuftet.«

Die elf Aufrührer aber lachten nur über das fürsorgliche Getue.

Als die Aufseher sie aufforderten, den Weg zum Ungeheuer anzutreten, waren sie weder müde noch traurig. Ihre Augen glänzten sogar. Unterwegs fing eine Ameise jedoch zu zittern an. Lali ging an ihrer Seite.

»Ich habe große Angst.«

»Ich auch«, gestand Lali, »aber meine Mutter sagte mir früher einmal, die Angst einer einzelnen Ameise wird kleiner, wenn sie sich mit anderen zusammenschließt. Laß uns deshalb unsere Angst zusammentun.«

Die Ameise lächelte und in der Tat spürte sie, wie ihre Angst geringer wurde. Nach und nach faßten sich alle bei den Händen und spürten, daß die Angst von ihnen wich.

»Als ob sie zu einer Hochzeit gingen«, flüsterte verwirrt ein Aufseher.

»Aber was für eine...«, spottete der andere. Beide lachten gemein. »Ihr werdet schon früh genug vor dem Ungeheuer erzittern.«

»Ist das Ungeheuer tatsächlich so groß?« fragte Sali hinterlistig und zwang sich zu einem Lächeln.

»Ja, so groß wie ein Baum«, antwortete einer der Aufseher und streckte seine Hände gen Himmel.

»Dann bin ich ja beruhigt.« Sali lachte schallend. Damit verunsicherte sie nicht nur die Aufseher, sondern auch ihre Freundinnen, die sie mit geweiteten Augen anstarrten.

»Kennt ihr eigentlich die Geschichte von der Wespe und dem Elefanten?« Sali blickte keck.

»Nein. Was ist das für eine Geschichte?« fragte ein dikker Aufseher neugierig.

»Eine Wespe hörte eines Tages einen Elefanten damit protzen, er sei das stärkste Tier auf der Erde, sogar der Löwe würde ihn meiden. Die Wespe sagte dem Elefanten, er solle nicht so angeben, sie sei viel stärker als der größte Elefant seiner Herde. Der Elefant war natürlich beleidigt. ›Hau ab, sonst zermatsch ich dich!‹ Aber die Wespe rief ihm zu: ›Wollen wir wetten, daß ich dich zum Weinen bringen kann?‹ ›Aber gerne‹, antwortete der Elefant. ›Na gut‹, meinte die Wespe. ›Du beißt zuerst mich, und dann beiße ich dich.‹ Der Elefant lachte laut, so laut, daß alle Tiere Angst bekamen. Er sperrte sein Maul auf, um die Wespe, die um seinen Rüssel kreiste, zu beißen. Blitzschnell flog die Wespe in sein großes Maul und stach ihn in seine weiche Zunge. Der Elefant schrie auf vor Schmerz und sperrte natürlich sein Maul dabei weit auf. Da konnte die Wespe entwischen. Der Elefant aber tobte und weinte bitterlich. Alle Tiere lachten vergnügt über ihn.«

»Also, ich habe keine Lust, mir deine dummen Geschichten anzuhören«, erboste sich ein Aufseher, und der andere drängte: »Beeilt euch endlich.«

Die elf Ameisen aber hatten großen Mut bekommen und schritten nun sicherer voran.

Auf einer Lichtung im Walde hielten die Wächter an. »Wir sind da!« riefen sie in das Dickicht hinein. Der Boden bebte, und aus dem Unterholz der Bäume trat ein widerliches Ungeheuer. Es lachte schallend. »Ihr seid heute aber früh dran.«

Die Ameisen zitterten. Doch Lali hatte sich schnell wieder gefaßt. »Es kann doch mit seinen Pranken überhaupt kein Wasser schaufeln«, flüsterte sie in Nanas Ohr. »Sie sind zwar scharf wie Messer, aber schaufeln kann es damit nicht.« Nana fiel es jetzt auch auf und gab diese Beobachtung an die anderen weiter.

»Ja, wir sind heute deshalb so früh dran, weil diese Ameisen an deiner Kraft zweifeln«, sagten die Aufseher unterwürfig.

Das Ungeheuer tobte und rollte seine blutunterlaufenen Augen.

»Ja, wir möchten deine Macht sehen, bevor wir sterben!« Sali richtete sich kerzengerade auf, damit das Ungeheuer nicht ihre Angst bemerkte.

»So, so!« rief das Ungeheuer. »Dann folgt mir, ich zeige es euch.« Es stampfte in das Dickicht zurück, und die Ameisen folgten ihm.

Hinter dem Wald begann das große Meer. Das Ungeheuer überquerte den Sandstrand und trat einige Schritte in die Brandung, und mit seinen Pranken zog es Welle für Welle an den Strand heran.

»Es soll aufhören!« Zwei Ameisen schlossen ängstlich ihre Augen.

»Nein, seht doch, das Wasser fließt wieder zurück.« Lali hüpfte aufgeregt von einem Bein auf das andere.

»Natürlich, ich habe es ihm befohlen«, zischte das Ungeheuer.

Sali und Lali sahen aber, daß auch, während das Ungeheuer redete und mit seiner Pranke in der Luft fuchtelte, die Wellen hin und her rollten.

»Dann versuche doch, es festzuhalten.«

Das Ungeheuer blickte verärgert. »Das werde ich, aber kommt näher, damit ihr besser seht.«

Mehrere Ameisen wollten auf den Strand hinaustreten.

»Halt! Das ist ein gemeiner Trick. Wenn wir auf den Strand gehen, kann es uns leicht fangen.« Sali drehte sich zu den Aufsehern. »Ihr beide glaubt ihm ja, wieso geht ihr nicht näher heran, um besser zu sehen?«

Die zwei Aufseher schleppten sich mühsam über die Hügel des Strandes. Immer wieder strauchelten sie.

»Nun mach schon, es wird langsam langweilig!« rief eine junge Ameise keck.

Das Ungeheuer stampfte wütend ins Wasser, beugte sich nieder und breitete seine Vorderpranken aus, um das zurückflutende Wasser aufzuhalten. Aber neue Wellen schlugen wuchtig über ihm zusammen und warfen es um, so daß sein Kopf ins Wasser tauchte und seine Hinterpranken aus dem zurückflutenden Wasser in den Himmel ragten. Hustend, prustend und fluchend richtete es sich wieder auf und spuckte das salzige Wasser aus.

»Nichts wie weg!« Die Ameisen verschwanden schnell unter den Blättern der Büsche. Sie hörten das Ungeheuer noch schreien: »Ihr dämlichen Idioten, warum habt ihr mir diese Abtrünnigen gebracht!« Die Hilferufe der beiden Aufseher verstummten jäh.

Die elf glücklichen Ameisen machten sich unverzüglich

auf den Heimweg. Zu Hause angekommen, erzählten sie den Versammelten, was sie erlebt hatten. Alle fielen sich vor Freude um den Hals und atmeten erleichtert auf. Nur die Aufseher waren wütend. Der Oberaufseher erhob sich bebend: »Ob es nun Ungeheuer gibt oder nicht, der Beschluß, Aufseher aufzustellen, war klug. Ich meine, meine Lieben, was wir einmal beschlossen haben, sollte beibehalten werden.«

»Damit du immer fetter wirst!« schrie Sali empört, und diesmal widersprachen auch die Älteren nicht.

Der Oberaufseher wurde immer unsicherer. »Ich meine, seitdem wir eure Arbeit betreuen, haben sich unsere Vorräte verdoppelt.«

»Ja, und ein Drittel von uns ist täglich damit beschäftigt, den verfaulten Weizen hinauszuwerfen!«

»Ich habe die dürrsten Jahre zusammen mit den anderen Ameisen auch ohne Aufseher überlebt. Habe aber noch keinen Aufseher gesehen, der ohne uns einen einzigen Winter überleben könnte.« Die Ameisen beklatschten begeistert diesen Einwurf. Die Aufseher duckten sich immer mehr unter den Angriffen.

»Entweder arbeitet ihr wie wir, oder ihr könnt das Weite suchen«, ergriff Nana das Wort, und alle stimmten ihr jubelnd zu.

Der Oberaufseher und seine Aufseher merkten, daß sie endgültig verspielt hatten. Sie ergriffen die Flucht und machten sich auf den Weg, einen neuen Ameisenstaat zu suchen.

Der Südwind

Vor langer Zeit lebte ein reicher Mann in der Nähe von Damaskus. Ihm gehörte ein prunkvolles Schloß. Ein prächtiger Rasen erstreckte sich über die Ebene vor dem Schloß wie ein grüner Teppich. In geringer Entfernung vom Schloßtor lag ein kleiner See. In mühevoller Arbeit hatten die Knechte den Boden des Sees mit Marmorplatten bedeckt, und aus einem kleinen Bach floß das Wasser durch mehrere Siebe gefiltert in den See. Zwei Knechte pflegten den See Tag für Tag. Sie zupften jedes Wasserpflänzchen, das sich in den Ritzen zwischen den Marmorplatten anzusiedeln versucht hatte, heraus. Sie verscheuchten jeden Vogel und jede Mücke, die dort am Wasser nisten oder tanzen wollten.

Nach den langen mühevollen Jahren, die verstrichen waren, dieses Paradies zu erschaffen, saß nun der Reiche eines Morgens mit seiner Frau auf der Terrasse seines Schlosses und genoß den heißen Kaffee. Seine Blicke wanderten über die Rabatten roter und weißer Nelken, die in Reih und Glied den Rasen säumten. Sie erstreckten sich bis zu einem Zypressenhügel und verliefen in einem Bogen um den weißgetünchten Pferdestall herum.

»Oh, Gott!« rief der Reiche. »Diese scheußliche Hütte steht immer noch da. Wann fällt sie endlich zusammen?« In der Ferne erblickte er die baufällige Hütte und das Feld des alten Omar und schauderte. Wie die Keule eines Höhlenmenschen drängte es zwischen seine Nelkenbeete und schien auf seinen gepflegten Rasen einhauen zu wollen.

»Wo kommt nur diese Wildnis her?«

Seine Frau, die mit dem Rücken zum Feld saß, drehte sich nicht einmal um.

»Die war schon immer da.« Sie stellte ihre Tasse, an der sie gerade genippt hatte, auf den kleinen Tisch, der vor ihr stand.

»Das glaube ich nicht. Ich habe dieses Feld noch nie gesehen«, sagte der Mann.

Seine Frau schwieg, denn sie wußte, daß es keinen Sinn hatte, mit ihrem Mann über das Feld zu streiten. Er bemühte sich seit langem, dieses Stück Land dem Bauern Omar mit allen Mitteln abzujagen. Der Bauer aber blieb hartnäckig. Er gab sein Feld nicht her, auch nicht für alles Geld der Welt. Sie wußte, daß ihr Mann schließlich versucht hatte, diese Angelegenheit zu vergessen. Er vertiefte sich in die Gartengestaltung und widmete seine Zeit der Verzierung des Schlosses.

Der Reiche hoffte aber, der alte Bauer würde eines Tages ein Einsehen haben und das häßliche Feld und die wildwachsende Wiese in einen gepflegten Rasen verwandeln und Blumenbänke anlegen, so daß man den Anblick als nicht allzu störend empfinden würde. Doch der Bauer hatte statt dessen einige struppige Bäume hinzugepflanzt, und nun sahen die verfallene Hütte, der kleine Stall für den Esel und die zwei Ziegen, die der alte Omar besaß, noch viel häßlicher und ungepflegter aus.

An diesem Morgen bemühte sich der Reiche erneut, Omars Wildnis zu übersehen. Er wandte seinen Blick ab, erfreute sich an seinem Rasen, dem weißgetünchten Stall und den Zypressen, merkte aber, daß sie für ihn ihren Reiz verloren hatten, und immer wieder zog gerade das verwilderte Feld seine Aufmerksamkeit auf sich. »Mein Gott, drei Millionen Goldstücke habe ich bezahlt, um diese Perle unter den Gärten zu erschaffen. Doch dieser Barbar verdirbt mir alles. Nicht einmal eine Tasse Kaffee kann ich in Ruhe trinken. Haben solche Leute denn überhaupt kein Mitleid?« Vor seinem inneren Auge sah er entsetzt, wie Omars Hütte tiefe schwarze Wurzeln in den Boden schlug, und der Esel genüßlich die rot-weißen Beete zertrampelte.

»Früher hätte mein Vater nur zu husten brauchen, und solche Barbaren wären von der Erde verschwunden. Unser jetziger Sultan ist wirklich ein Schwächling. Er erlaubt es nicht mehr.«

»Nun trink schon deinen Kaffee! Er wird kalt«, riß ihn seine Frau aus seinen schweren Gedanken.

»Ich mag nicht mehr«, jammerte der Reiche und begab sich in seine Bibliothek. Hastig suchte er die Regale ab, bis er endlich ein kleines, aber dickes Buch mit dem Titel: »Mittel zur Verbesserung des Zusammenlebens« fand. Gedankenverloren blätterte der Reiche in dem Buch und stockte, als er den Titel eines Kapitels las: »Dreihundertsiebenunddreißig bekannte und unbekannte Tricks der Ehefrauen.« Für einen Augenblick vergaß der Reiche das Feld und las mit Interesse. Vieles, was er seiner Frau bisher als harmlos abgenommen hatte, erschien ihm nun in einem anderen Licht. Ein Lächeln umspielte seine Lippen, als er ein anderes Kapitel erreichte. »Beseitigung der untreuen Ehefrau.« Vierzehn verschiedene Gifte waren mit ihren Wirkungen aufgelistet.

Der Reiche blätterte weiter und vertiefte sich wieder in ein Kapitel. Sein Herz klopfte so stark, daß er bis in den Hals hinauf das Pochen spürte. Das Kapitel beinhaltete nicht weniger als siebenundneunzig Rezepte zur Beseitigung eines lästigen Nachbarn. Der Reiche las aufmerksam Absatz für Absatz und staunte, daß er, ohne dieses Kapitel je gelesen zu haben, viele Rezepte bereits angewandt hatte. Sie hatten ihm bei den anderen Nachbarn geholfen, aber bei diesem einen halfen weder die aufgeführten Drohungen noch Versprechungen.

Das Rezept einundachtzig jedoch hatte er noch nie probiert. Er schöpfte Hoffnung. Dieses Rezept versprach, die zerstörerischen Kräfte des Windes gegen den unliebsamen Nachbarn zu leiten. Interessiert erreichte der Reiche die Stelle, an der die Opfer beschrieben wurden, die diese Beschwörung erforderte: »Fünfzig Lämmer müssen vom Bittsteller eigenhändig geschlachtet werden, in nicht mehr als fünf Metern Entfernung vom verfluchten Nachbarn.«

Der Reiche verdrehte die Augen, denn er konnte kein Blut sehen. Es graute ihm vor der Vorstellung, dieses Massaker auf seinem sauberen Rasen durchzuführen.

»Und das dazu noch eigenhändig...« Er blätterte weiter.

Rezept zweiundachtzig überschlug er, nachdem er gelesen hatte, daß von Anfang an der Bittsteller zweiunddreißig Fremdsprachen beherrschen müsse, um die Zerstörungskräfte der Erdbeben auf den Verfluchten zu richten. Der Reiche kannte nur seine eigene Sprache, das Arabische, und ein paar Sätze auf Türkisch, die er auf Empfängen auswendig herleierte: »Es lebe der Sultan« und »Unser Sultan ist der beste« oder »Hoch und lang soll er leben.«

Erst das Rezept dreiundachtzig zog wieder sein Interesse an, denn die Beschwörung der Sonnenkräfte war nicht schwierig. Man brauchte nur eine Handvoll Weihrauch, hundert schwarze Haare aus einem Pferdeschwanz, ein Stück Horn einer schwangeren, weißen Ziege, eine Handvoll Vogelmist und Geduld. Der Sonnenanbeter mußte ein kleines Feuer in einem kupfernen Kessel anzünden, kniend den Rauch einatmen, der bei der Verbrennung der Zutaten entstand, und immer wieder rufen: »Sonne! Du Mutter des Lebens! Halte deine Strahlen fern vom ungläubigen Nachbarn.« Dann mußte der Bittsteller deutlich den Namen des Verfluchten aussprechen, indem er die Augen auf die Sonne richtete. Der Reiche las das Rezept mehrmals, um sich zu vergewissern, daß es kein Blutopfer verlangte. Er schrieb die Zutaten säuberlich auf einen Zettel, versteckte das Buch hinter anderen in einem kleinen Schrank und verließ fröhlich pfeifend das Zimmer. Er rief seinen Diener und erteilte ihm den Befehl, schnellstens die Zutaten zu beschaffen. Dieser verbeugte sich und eilte davon, um den Befehl seines Herrn auszuführen.

Omar war ein kleiner, leicht gebeugter Mann. Sein stark ergrautes Haar ließ ihn älter erscheinen. Er trug immer eine alte, weite, schwarze Hose, die er mit einer ehemals weißen Schnur zuband. Seine einzige Jacke trug er nur, wenn er in das entfernt gelegene Dorf ging, um beim Händler Tee, Zucker und Öl gegen ein paar Eier, Tomaten oder Äpfel zu tauschen. Dies geschah fast wortlos. Die Leute im Dorf kannten Omar schon lange und hatten großen Respekt vor ihm, weil er seinen Boden liebte und ihn vor dem habgierigen Reichen verteidigt hatte. Die wohlhabenden Damaszener kauften damals die fruchtbaren Felder der Bauern, verwandelten sie in Gärten und errichteten in ihnen Prunkschlösser. Die Dorfbewohner hatten aber auch Mitleid mit dem wortkargen Mann, weil seine Frau, die er über alles geliebt hatte, sehr früh gestorben war.

»Mein Herz ist halbtot, ich lebe nur noch mit der anderen Hälfte«, sagte er mit trauriger Stimme, wenn die Leute ihn nach seinem Befinden fragten.

Seine ärmliche Hütte hatte nur einen Raum, den mußte sich Omar mit seinen beiden Söhnen Ali und Hassan teilen. Der ältere war sechzehn, sein Gesicht mit der großen Nase und den kleinen Augen unter den stark wuchernden Augenbrauen ähnelte dem seines Vaters. Er war auch genauso wortkarg. Hassan, der jüngere, spiegelte dagegen das Bild seiner Mutter wider. Er hatte große Augen, eine kleine Nase und einen schmächtigen Körper. Er liebte wie sie das Reden und redete sogar im Schlaf. Omar und Ali mochten Hassan sehr, weil er ein wenig Leben in die stille Hütte brachte.

Als der Reiche immer mehr Felder in der Umgebung aufkaufte und auch Omar zusetzte und drohte, bekam dieser große Angst. Aber wenn er in seiner Verzweiflung mit seinen zwei Söhnen darüber sprach, erinnerte Hassan ihn immer wieder an das Versprechen, das der Vater am Sterbebett seiner Frau gegeben hatte, nie den Boden zu verlassen.

Der Abend war bereits hereingebrochen, als der Diener vorsichtig an die Tür des großen Saales klopfte, wo sein Herr und dessen Gemahlin saßen.

»Das hat aber lange gedauert«, fuhr der Reiche ihn tadelnd an.

»Ja, Herr! Wir hatten bereits am Nachmittag fast alles

zusammen, aber es war schwer, eine weiße, schwangere Ziege zu finden.«

»Und...?«

»Wir fanden sie schließlich bei einem Schäfer im Dorf. Doch dieser Halsabschneider wollte für das Stück Horn zwei junge, gesunde Ziegen haben.«

»Habt ihr sie ihm etwa gegeben!« entsetzte sich der geizige Schloßherr.

»Nein, nein«, beruhigte ihn sein Diener. »Wir haben ihn auf eine Ziege heruntergehandelt.«

»Dieser Hurensohn, eine Ziege für ein Stück Horn! Früher hätte man so einem Betrüger die Hände abgehackt. Aber heute...« Der Reiche hielt inne. »Nun, wo sind die Sachen?« Der Diener holte ein Tablett, auf dem die Zutaten fein säuberlich in Silberschälchen geordnet lagen.

»Schön, wir werden sehen.« Der Reiche rieb sich vergnügt die Hände.

Diese Nacht schien für ihn kein Ende zu nehmen. Er wälzte sich in seinem Bett von der einen Seite auf die andere, während seine Frau neben ihm tief und ruhig atmete. Als fröhliches Vogelgezwitscher die Morgendämmerung verkündete, stand der Reiche auf und schlich auf Zehenspitzen zum Fenster, schob den schweren Vorhang beiseite und schaute in den Himmel. Die Sonne war noch nicht aufgegangen, aber der klare Himmel kündigte einen sonnigen Frühlingstag an. Schnell trat er auf die Terrasse und kniete sich auf den Teppich vor den kupfernen Kessel, in dem der Diener Holzscheite stapelte.

»Zünde das Holz an!«

Während der Diener das trockene Holz anzündete, prüfte der Reiche die Zutaten genau.

»Du kannst gehen!« befahl er schließlich dem alten Diener, der sich ehrerbietig verbeugte und verschwand.

Das Holz knisterte, doch der Reiche mußte sich gedulden, denn das Rezept besaß erst Wirkung, wenn die Flammen erloschen waren und weiße Glut den Kessel füllte. Ungeduldig stocherte er immer wieder mit einer silbernen

Zange in dem Feuer, daß die Funken sprühten. Endlich war es soweit. Der Reiche warf die Zutaten in die Glut, und sofort stieg weißer Rauch auf. Tief beugte er sich über den Kessel und atmete den widerlichen Rauch ein. Dann richtete er sich auf und blickte in die aufsteigende Sonne.

»Sonne, du Mutter des Lebens. Halte deine Strahlen fern vom ungläubigen Nachbarn Omar!« rief er laut in ihre Richtung.

Er beugte sich wieder über den Kessel, atmete erneut tief ein, blickte in die Sonne und wiederholte seinen Spruch. Sein Gesicht färbte sich rot, seine Augen quollen hervor, und krampfhaftes Husten erschütterte seinen Leib.

Seine Frau war inzwischen erwacht und beobachtete entsetzt das Schauspiel auf der Terrasse. Ihr Mann beugte sich immer wieder über den Kessel und schrie wild seine Beschwörungsformel gegen die Sonne. Erbärmlich hustend und spuckend wischte er sich die Tränen aus den Augen.

Plötzlich stieg eine schwarze Wolke vom Horizont auf und schirmte die Sonne ab. Erleichtert blickte der Reiche auf und bemerkte, daß nur Omars Feld im dunklen Schatten lag, während seine Wiese, die Hügel und das Schloß im Morgenrot erstrahlten.

»Was machst du denn da?« rief seine Frau aus dem Fenster.

»Das siehst du doch! Der dämliche Hund wird nie wieder einen Sonnenstrahl sehen, seine Bäume werden welken, und auf Knien wird er mich bitten, daß ich ihm sein dreckiges Stück Land abkaufe.«

Die Frau, die einen Augenblick lang ihren Mann für verrückt gehalten hatte, betrachtete Omars Feld. In der Tat, es lag im Schatten, und die schwarze Wolke stand wie festgenagelt am Himmel. Doch der widerliche Geruch, der von der Terrasse zu ihr hinaufstieg, war unerträglich. Deshalb schloß sie das Fenster. Sie lief unruhig auf und ab und warf immer wieder einen Blick hinaus, um die schwarze Wolke zu beobachten. Tief im Inneren bewunderte sie ihren Mann, der nicht nur Sultane und Soldaten seinem Willen gefügig zu machen verstand, sondern auch die Natur bändigen konnte. Doch plötzlich blieb sie wie angewurzelt vor dem Fenster stehen. Eine leichte Brise trieb die Wolke beiseite. Ihr Schatten wanderte über die Wiese und löste sich hinter dem Hügel auf.

Entgeistert rieb sich der Reiche seine geschwollenen Augen, als er die Wolke entschwinden sah. Und als er weit und breit keine andere bemerkte, verwünschte er laut die Sonne und alle Zauberbücher der Welt.

»Verbrennen sollte man alle Hexen und Zauberer. Alles Gauner!« rief er aufgelöst seiner Frau zu, die zu ihm auf die Terrasse gerannt kam.

»Ja, ja, du hast recht«, versuchte seine Frau ihn zu beruhigen.

»So viel Vogelmist habe ich noch nie eingeatmet.« Wütend schlug er mit der Faust auf den Boden. »Aber ich gebe nicht auf!« Ein neuer Hustenanfall schüttelte seinen Körper. Schwer atmend stand er auf und ging grollend ins Haus.

Omar und seine Söhne hatten verständnislos das Schauspiel auf der Terrasse vor dem Schloß verfolgt.

»Er vertreibt die Mücken aus seinem Schloß«, meinte Hassan beim Frühstück belustigt.

Den ganzen Tag verbrachten die drei auf dem Feld, um das Unkraut zu jäten. Erst bei Sonnenuntergang richtete der Vater seinen schmerzenden Rücken auf. Zufrieden betrachtete er das Gemüsefeld und den Haufen Unkraut.

»Jetzt haben die Ziegen etwas zu fressen«, bemerkte er lächelnd und ging zur Hütte.

Während der Vater kochte und Ali Brotfladen backte, führte Hassan den Esel zur Quelle. Dort wusch er sich, füllte die zwei großen ledernen Beutel auf dem Rücken des Esels mit Wasser und kehrte zur Hütte zurück. Die drei aßen und genossen danach ihren Tee, während sie im Schein der Öllampe Karten spielten.

Am frühen Morgen des nächsten Tages riß sie ein ungewohnter Lärm aus dem Schlaf. Hassan stürzte als erster aus der Hütte und sah ungläubig staunend eine große Kolonne von Knechten weiße, geschliffene Steine auf dem Rücken zum Feldrand tragen. Dort mischten andere Knechte Mörtel, während wiederum andere bereits angefangen hatten, eine Steinreihe auf die andere zu mauern. Auch Omar und Ali waren inzwischen aus der Hütte gerannt und standen sprachlos hinter Hassan. Ohne an das Frühstück zu denken, setzten sich die drei auf die Türschwelle ihrer Hütte und beobachteten die Knechte, die hastig Stein auf Stein setzten.

Gegen Mittag erreichte die Mauer, die am einen Ende wie eine Pfeilspitze auf das Schloß wies, bereits Manneshöhe. Hassan war sichtlich beunruhigt. Er näherte sich der Mauer und fragte einen der Knechte: »Was baut ihr denn hier?«

Der junge, bärtige Knecht schaute ängstlich um sich und flüsterte dann über die Mauer hinweg: »Der Herr will eine hohe Mauer um euer Feld bauen.«

»Und warum?« wollte Hassan besorgt wissen.

»Das weiß ich nicht.« Der Knecht zuckte mit den Schultern und warf mit der Kelle neuen Mörtel auf die Steine.

Bei Sonnenuntergang überragte die Mauer bereits Omars ärmliche Hütte.

»Wenn das Gemüse kein Licht bekommt, verkümmert es.« Omar drückte seine Zigarettenkippe in den sandigen Boden vor der Türschwelle.

»Mach dir keine Sorgen, Vater! Keine Mauer der Welt kann die Sonne aufhalten«, tröstete ihn Ali.

Bis tief in die Dunkelheit hinein sprachen die drei Männer erregt über ihr Schicksal. Sie fielen in einen unruhigen Schlaf.

Aber bereits in der Morgendämmerung wurden sie wieder vom Lärm der arbeitenden Knechte aufgeschreckt.

Tag für Tag wuchs die Mauer um ein beträchtliches Stück, und es gelang Omar nicht, mit seinem wütenden

Protest die Knechte aufzuhalten. Nach ein paar Tagen war die Mauer bereits so hoch, daß die Knechte auf dem hohen Baugerüst sein Gezeter nicht mehr hörten.

Ab und zu begab sich auch der Schloßherr auf das Gerüst und schaute triumphierend in die Tiefe.

»Bald haben wir es geschafft!« Vergnügt rieb er sich die Hände.

Nach weiteren Tagen war die Mauer bereits so hoch, daß erst um die Mittagszeit die ersten Sonnenstrahlen auf das Feld fielen.

An einem Abend saß Omar, den Rücken zur Mauer gekehrt, und trank schweigsam seinen Tee. Ihm gegenüber hockten seine zwei Söhne und starrten die Mauer an, die wie eine gewaltige Zange ihr kleines Feld umklammerte.

Plötzlich stand Omar auf. »Um Gottes willen, schaut euch diesen Stern an!« Er ging zum kleinen Zaun hinter der Hütte. Die Söhne erhoben sich und folgten ihm träge. Sie konnten am klaren Himmel keinen besonderen Stern entdecken.

»Welchen Stern?« Hassan blickte in die Richtung, in die sein Vater wies.

»Etwas links vom Gipfel des Berges. Dort sind noch andere helle Sterne. Gemeinsam sehen sie aus wie ein Schlüssel«, erklärte der Vater.

»Ja, ich sehe sie auch«, rief Ali, und auch Hassan hatte inzwischen die Sternengruppe ausgemacht.

»Rechts über dem Schlüssel flackert ein Stern etwas rötlicher als die anderen.«

»Etwas gelblicher«, korrigierte ihn Ali.

»Dieser Stern erscheint nur, wenn ein Sturm aus dem Süden aufzieht. Wenn er erlischt, bricht der Sturm los. Er dauert eine Woche und fegt alles hinweg.« Niedergeschlagen ging Omar zur Hütte zurück. »Zweimal in meinem Leben habe ich diesen Sturm erlebt. Nicht nur die Bauern kennen ihn, auch die Tiere werden unruhig. Es steht uns eine Katastrophe bevor.«

»Eine Katastrophe? Warum? Ich glaube, das ist die Lösung!« Hassan starrte die Mauer an. »Du hast doch mit Brechstange und Spitzhacke versucht, die Mauer zu zerstören. Aber die Steine sind zu hart«, wandte er sich an Ali, der ihn zwar nicht verstand, aber trotzdem nickte. »Was ist eine Spitzhacke im Vergleich zu einem Sturm? Ein Nichts!«

»Und was wird geschehen?« fragte Ali, verärgert über den redseligen Bruder.

»Wir müssen uns in Sicherheit bringen. An einen Ort, an dem wir unsere Vorräte, den Esel, die Ziegen und unsere Hühner verstecken können. Die Mauer müssen wir untergraben, damit sie den Sturm nicht überdauert«, antwortete Hassan aufgeregt.

»Wir müssen eine Grube tief in den Erdboden graben und mit einer festen Decke sichern. Dann kann es stürmen, soviel es will«, ergänzte der Vater. »Aber wie sollen wir der Mauer beikommen?« wollte er von Hassan wissen.

»Wir schaufeln einen Graben entlang der Mauer und füllen ihn mit Wasser, das die Mauer unterspült. Wenn es dann stürmt, kann der Reiche machen, was er will; die Mauer wird einstürzen.«

»Und wo bauen wir unsere Sturmhöhle?« fragte Ali.

»Am entferntesten Ende des Feldes«, antwortete der Vater und zeigte auf einen Platz jenseits der Hütte.

»Aber dort wachsen doch unsere besten Pappeln, Aprikosen und auch unsere einzige Eiche«, rief Ali entsetzt.

»Wir müssen sie opfern und aus ihrem Holz die feste Decke für die Höhle bauen«, sagte Hassan entschlossen.

Ali stimmte schweren Herzens dem Plan zu.

Am frühen Morgen des nächsten Tages gingen Omar und seine Söhne an die Arbeit. Während Ali verbissen den Boden für die Höhle aushob, schlugen die beiden anderen mit ihren Beilen auf die Pappeln ein. Gegen Mittag fiel bereits die dritte Pappel auf das Feld. Gegen Abend fielen die Eiche und ein Aprikosenbaum.

»Das reicht!« Verschwitzt warf der Vater sein Beil beiseite.

»Was habe ich gesagt!« Vom hohen Gerüst hatte der Reiche vergnügt dem Treiben der Bauern zugeschaut. »Sie werden vernünftig, und bald kommen sie auf allen Vieren zu mir gekrochen.« Gut gelaunt begab er sich ins Schloß. Er erwartete an diesem Abend viele Gäste zum Fest. Und während Omar und seine Söhne erschöpft mit schmerzenden Gliedern schliefen, feierten die Gäste die gute Nachricht, daß der sture Bauer eigenhändig seine Bäume gefällt hatte.

»Die Mauer sieht eigentlich recht schön aus«, rief ein untersetzter Mann.

»Ihre Form ist einfach genial«, bestätigte eine Frau in einem langen, grün schimmernden Kleid und nippte an ihrem Glas.

»Wie soll ich sie besingen?« fiel ein Dichter ein. »Sie sieht aus wie zwei weiße Hände, die etwas Widerliches deiner wunderschönen Wiese fernhalten. Wie zwei Flügel einer weißen Riesentaube, die sich anschickt, in den Himmel zu steigen.«

Der Schloßherr lächelte zufrieden. »Ich denke, es soll ein Mahnmal sein, ein Zeichen des Sieges der Vernunft über die Sturheit, der Kultur über die Barbarei!«

Die Gäste klatschten begeistert Beifall.

»Als hätten Sie mein neuestes Werk gelesen«, schwärmte der Dichter. »Denn das, was Sie mit einfachen, ja, genialen Worten sagten, steht wortwörtlich in meinem Buch.«

Am nächsten Tag nahm Ali die Arbeit in der großen Grube wieder auf, während der Vater die Äste von den gefällten Bäumen schlug. Hassan trieb den Esel immer wieder zur Quelle, füllte die großen ledernen Beutel mit Wasser und lenkte seinen Esel zur Mauer, wo er das Wasser in den ausgehobenen Graben goß. Abends hatte sich bereits ein kleiner See entlang der Mauer gebildet. Ali war in der tiefen Grube schon nicht mehr zu sehen. Der Vater schälte unermüdlich Baumstamm für Baumstamm. Drei Tage lang arbeiteten sie von Sonnenaufgang bis Sonnenuntergang und fielen Nacht für Nacht erschöpft in einen tiefen Schlaf.

»Morgen früh wird die Decke fertig sein. Dann kann uns nichts mehr passieren.«

Der Vater schaute beruhigt auf den flackernden Stern. »Er ist noch da.«

Am nächsten Morgen eilte Hassan ins Dorf, um Zucker und Tee zu kaufen. Ali backte indessen Brot im kleinen Herd. Als Hassan zurückkehrte, berichtete er, daß eine große Aufregung im Dorf herrsche. Manche Bauern hätten ihr Vieh und ihre Vorräte in Gruben versteckt, andere in den Höhlen, die vor uralter Zeit in die Felsen gemeißelt worden waren.

Nach einigen Stunden hatten sie die Erde mit ihren Füßen festgestampft, so daß nur noch ein unscheinbarer Hügel sich über ihrer Höhle erhob. Sie trugen die Vorräte hinein. Nur der Esel weigerte sich störrisch, das dunkle Loch zu betreten. Erst ein kräftiger Schubs Alis beförderte ihn letztendlich doch in die Grube. In der Tat sah das Innere der Höhle im dämmrigen Schein der Öllampe unheimlich aus, denn aus den Wänden ragten Wurzeln und Steine, als wären sie blasse Adern und Knochen eines überirdischen Wesens.

Als es schließlich dunkel wurde, herrschte tiefe Stille.

»Der Stern ist weg«, rief Hassan.

Spät in der Nacht entfaltete sich der Südwind. Er wurde stärker und stärker, so daß die drei in ihrer tiefen Grube schon deutlich das Rauschen des Windes vernehmen konnten.

Ali umarmte seinen Bruder Hassan und seinen Vater. »Ich habe gestern etwas gezweifelt«, gestand er.

Am nächsten Morgen jaulte der Südwind über der Grube schon so stark, daß Hassan davon erwachte. Sein Vater war bereits aufgestanden.

»Es stürmt schon kräftig, aber das ist erst der Anfang.«

Draußen stürmte es aber bereits so stark, daß viele Knechte Angst hatten, auf das hohe Gerüst zu steigen.

»Feiglinge!« schrie der Reiche und wies die Wächter an, die Knechte anzutreiben. Doch viele wollten lieber die Schmerzen der Peitschenhiebe ertragen, als auf dem schwankenden Gerüst dem Tod ins Auge zu schauen. Nur zögernd stiegen einige hinauf und mauerten weiter.

»Wir müssen die Sonne erreichen!« Die Stimme des Reichen überschlug sich.

Der Sturm knickte inzwischen Bäume, als wären sie Streichhölzer. Er schleuderte Felsbrocken von den Gipfeln des Berges und riß mit teuflischem Geheul die Mauern der Hütten nieder.

Nur mühsam konnten sich die Knechte auf dem hohen Gerüst halten. Ein gefährliches Rumoren in der Mauer kündigte die Katastrophe an.

»Die Mauer! Die Mauer stürzt ein!« Dieser panische Schrei übertönte für kurze Zeit das Geheul des Windes. Die Wächter erblaßten. Sie versuchten, ihre Angst zu unterdrücken, um die hektischen Befehle ihres Herrn zu erfüllen. Unbarmherzig schlugen sie mit ihren Peitschen auf die davonstürzenden Knechte ein. Mit lautem Getöse nahm die Katastrophe ihren Lauf. Die Mauer wankte, als stünde sie auf schwankendem Boden, bröckelte zuerst langsam im mittleren Teil, barst auseinander und stürzte laut krachend in sich zusammen.

In ihrer Höhle hörten Omar und seine Söhne die dumpfen Schläge der herabfallenden Steine. Die entsetzten und verzweifelten Schreie des Reichen und seiner Knechte, die von den fallenden Steinen erschlagen und unter ihnen begraben wurden, vernahmen sie nicht, denn das Toben des Sturmes schwoll erneut an, als wäre er ein Vorbote der Hölle. Der Esel in der Grube schlug bockig mit seinen Hinterhufen in die Luft, das ängstliche Gemecker der Ziegen vermischte sich mit dem aufgeregten Gackern der Hühner.

Nach einer Weile konnten die drei nur noch den tosenden Südwind vernehmen.

Tag und Nacht stürmte es, dann wurde es plötzlich still,

und Omar schaute seine beiden Söhne fragend an. Zögernd kroch er aus der Grube. Der Anblick, der sich ihm bot, erschütterte ihn. Der Sturm hatte die Umgebung dem Erdboden gleichgemacht.

»Die Mauer ist weg!« rief Hassan, der seinem Vater nach draußen gefolgt war. Die weißen Steine führten wie ein getünchter Weg vom Feld aus über die Trümmer des Schlosses und hatten die Nelkenbeete unter sich begraben. Leise regten sich am Marmorsee die ersten Vögel, die jetzt beim Nesterbau nicht mehr verscheucht wurden.

»Auch wir müssen unsere Hütte wieder aufbauen«, sagte Ali, der lange und schweigend die Vögel am See beobachtet hatte.

»Ja, der Himmel hat uns genug Steine gegeben. Weiße, geschliffene Steine«, grinste Hassan, und alle drei lachten vergnügt.

»Aber erst einmal trinken wir einen Tee«, rief der Vater und stieg noch einmal hinab in die Höhle, um die Teekanne, den Zucker und Tee zu holen.

Rafik Schami im dtv

»Meine geheime Quelle ist die Zunge der anderen. Wer erzählen will, muß erst einmal lernen zuzuhören.«
Rafik Schami

Das letzte Wort der Wanderratte
Märchen, Fabeln und phantastische Geschichten
ISBN 3-423-10735-9

Die Sehnsucht fährt schwarz
Geschichten aus der Fremde
ISBN 3-423-10842-8

Der erste Ritt durchs Nadelöhr
Noch mehr Märchen, Fabeln & phantastische Geschichten
ISBN 3-423-10896-7

Das Schaf im Wolfspelz
Märchen & Fabeln
ISBN 3-423-11026-0

Der Fliegenmelker und andere Erzählungen
ISBN 3-423-11081-3

Märchen aus Malula
ISBN 3-423-11219-0

Erzähler der Nacht
ISBN 3-423-11915-2

Eine Hand voller Sterne
Roman
ISBN 3-423-11973-X

Der ehrliche Lügner
Roman
ISBN 3-423-12203-X

Vom Zauber der Zunge
Reden gegen das Verstummen
ISBN 3-423-12434-2

Reisen zwischen Nacht und Morgen
Roman
ISBN 3-423-12635-3

Gesammelte Olivenkerne
aus dem Tagebuch der Fremde
ISBN 3-423-12771-6

Milad
Von einem, der auszog, um 21 Tage satt zu werden
ISBN 3-423-12849-6

Sieben Doppelgänger
ISBN 3-423-12936-0

Die Sehnsucht der Schwalbe
Roman
ISBN 3-423-12991-3

Mit fremden Augen
Tagebuch über den 11. September, den Palästinakonflikt und die arabische Welt
ISBN 3-423-13241-8

Heinrich Böll im dtv

»Man kann eine Grenze nur erkennen, wenn man sie zu überschreiten versucht.«
Heinrich Böll

Irisches Tagebuch
ISBN 3-423-00001-5

Zum Tee bei Dr. Borsig
Hörspiele
ISBN 3-423-00200-X

Ansichten eines Clowns
Roman
ISBN 3-423-00400-2

Wanderer, kommst du nach Spa...
Erzählungen
ISBN 3-423-00437-1

Ende einer Dienstfahrt
Erzählung
ISBN 3-423-00566-1

Der Zug war pünktlich
Erzählung
ISBN 3-423-00818-0

Wo warst du, Adam?
Roman
ISBN 3-423-00856-3

Gruppenbild mit Dame
Roman
ISBN 3-423-00959-4

Billard um halb zehn
Roman
ISBN 3-423-00991-8

Die verlorene Ehre der Katharina Blum
Erzählung
ISBN 3-423-01150-5

Das Brot der frühen Jahre
Erzählung
ISBN 3-423-01374-5

Ein Tag wie sonst
Hörspiele
ISBN 3-423-01536-5

Haus ohne Hüter
Roman
ISBN 3-423-01631-0

Du fährst zu oft nach Heidelberg und andere Erzählungen
ISBN 3-423-01725-2

Fürsorgliche Belagerung
Roman
ISBN 3-423-10001-X

Was soll aus dem Jungen bloß werden? Oder: Irgendwas mit Büchern
ISBN 3-423-10169-5

Die Verwundung und andere frühe Erzählungen
ISBN 3-423-10472-4

Heinrich Böll im dtv

Schriften und Reden 1952–1985
in 9 Bänden (dtv 10601–10609)

Frauen vor Flußlandschaft
Roman
ISBN 3-423-11196-8

Eine deutsche Erinnerung
ISBN 3-423-11385-5

Nicht nur zur Weihnachtszeit
Erzählungen
ISBN 3-423-11591-2

Unberechenbare Gäste
Erzählungen
ISBN 3-423-11592-0

Entfernung von der Truppe
Erzählungen
ISBN 3-423-11593-9

Die Hoffnung ist wie ein wildes Tier
Briefwechsel mit Ernst-Adolf Kunz 1945–1953
ISBN 3-423-12300-1

Der blasse Hund
Erzählungen
ISBN 3-423-12367-2

Der Engel schwieg
Roman
ISBN 3-423-12450-4

Und sagte kein einziges Wort
Roman
ISBN 3-423-12531-4

Das Vermächtnis
Erzählung
ISBN 3-423-13017-2

Briefe aus dem Krieg 1939–1945
2 Bände
ISBN 3-423-13126-8

Rom auf den ersten Blick
Landschaften · Städte · Reisen
ISBN 3-423-13204-3

H. Böll/H. Vormweg
Weil die Stadt so fremd geworden ist...
ISBN 3-423-10754-5

NiemandsLand
Kindheitserinnerungen an die Jahre 1945 bis 1949
Herausgegeben von Heinrich Böll
ISBN 3-423-10787-1

Das Heinrich Böll Lesebuch
Herausgegeben von Viktor Böll
ISBN 3-423-13016-4

Uwe Timm im dtv

»Als Stilist und Erzähler sucht Uwe Timm in Deutschland seinesgleichen.«
Christian Kracht in ›Tempo‹

Heißer Sommer
Roman
ISBN 3-423-**12547**-0

Johannisnacht
Roman
ISBN 3-423-**12592**-6
»Ein witzig-liebevoller Roman über das Chaos nach dem Fall der Mauer.« (Wolfgang Seibel)

Der Schlangenbaum
Roman
ISBN 3-423-**12643**-4

Morenga
Roman
ISBN 3-423-**12725**-2

Kerbels Flucht
Roman
ISBN 3-423-**12765**-1

Römische Aufzeichnungen
ISBN 3-423-**12766**-X

Die Entdeckung der Currywurst
Novelle
ISBN 3-423-**12839**-9
»Eine ebenso groteske wie rührende Liebesgeschichte …« (Detlef Grumbach)

Nicht morgen, nicht gestern
Erzählungen
ISBN 3-423-**12891**-7

Kopfjäger
Roman
ISBN 3-423-**12937**-9
Ein faszinierender Roman aus dem Wirtschaftsleben.

Der Mann auf dem Hochrad
Roman
ISBN 3-423-**12965**-4

Rot
Roman
ISBN 3-423-**13125**-X
»Einer der schönsten, spannendsten und ernsthaftesten Romane der vergangenen Jahre.« (Matthias Altenburg)

Bei dtv junior:

Rennschwein Rudi Rüssel
ISBN 3-423-**70285**-0

Die Piratenamsel
ISBN 3-423-**70347**-4

Der Schatz auf Pagensand
ISBN 3-423-**70593**-0

Die Zugmaus
ISBN 3-423-**70807**-7

Bitte besuchen Sie uns im Internet: www.dtv.de

Siegfried Lenz im dtv

»Siegfried Lenz gehört nicht nur zu den ohnehin raren großen Erzählern in deutscher Sprache, sondern darüber hinaus auch noch zu den ganz wenigen, die Humor haben.«
Rudolf Walter Leonhardt

Der Mann im Strom
Roman
ISBN 3-423-00102-X
Das Schicksal eines Tauchers, der zu alt ist für seinen Beruf und der seine Papiere fälscht, um wieder Arbeit zu bekommen.

Brot und Spiele
Roman
ISBN 3-423-00233-6
Aufstieg und Fall eines Sportidols.

Jäger des Spotts
Geschichten aus dieser Zeit
ISBN 3-423-00276-X

Das Feuerschiff
Erzählungen
ISBN 3-423-00336-7
»In sich schlüssige kleine Kunstwerke.« (Marcel Reich-Ranicki)

Es waren Habichte in der Luft
Roman
ISBN 3-423-00542-4

Der Spielverderber
Erzählungen
ISBN 3-423-00600-5

Beziehungen
Ansichten und Bekenntnisse zur Literatur
ISBN 3-423-00800-8

Deutschstunde
Roman
ISBN 3-423-00944-6
Siggi Jepsen hat einen Deutschaufsatz über ›Die Freuden der Pflicht‹ zu schreiben. Ein Thema, das ihn zwangsläufig an seinen Vater denken läßt.

Einstein überquert die Elbe bei Hamburg
Erzählungen
ISBN 3-423-01381-8

Das Vorbild
Roman
ISBN 3-423-01423-7
Drei Pädagogen in Hamburg.

Der Geist der Mirabelle
Geschichten aus Bollerup
ISBN 3-423-01445-8

Heimatmuseum
Roman
ISBN 3-423-01704-X
Erinnerungen an Masuren.

Siegfried Lenz im dtv

Der Verlust
Roman
ISBN 3-423-10364-7

Die Erzählungen 1949–1984
3 Bände in Kassette
ISBN 3-423-10527-5

Elfenbeinturm und Barrikade
Erfahrungen am Schreibtisch
ISBN 3-423-10540-2

Exerzierplatz
Roman
ISBN 3-423-10994-7

Ein Kriegsende
Erzählung
ISBN 3-423-11175-5

Das serbische Mädchen
Erzählungen
ISBN 3-423-11290-5
und dtv großdruck
ISBN 3-423-25124-7

Leute von Hamburg
Meine Straße
ISBN 3-423-11538-6

Die Klangprobe
Roman
ISBN 3-423-11588-2

Über das Gedächtnis
Reden und Aufsätze
ISBN 3-423-12147-5

Die Auflehnung
Roman
ISBN 3-423-12155-6

Ludmilla
Erzählungen
ISBN 3-423-12443-1

Duell mit dem Schatten
Roman
ISBN 3-423-12744-9

Über den Schmerz
ISBN 3-423-12768-6

Arnes Nachlaß
Roman
ISBN 3-423-12915-8

Mutmaßungen über die
Zukunft der Literatur
Drei Essays
ISBN 3-423-13057-1

Lehmanns Erzählungen oder
So schön war mein Markt
Aus den Bekenntnissen eines
Schwarzhändlers
dtv großdruck
ISBN 3-423-25141-7